文集

五月槐花香

雨花石 著

陕西新华出版

太白文艺出版社·西安

图书在版编目（CIP）数据

五月槐花香 / 雨花石著. -- 西安 ： 太白文艺出版
社， 2017.9（2024.1重印）
ISBN 978-7-5513-1287-5

Ⅰ．①五… Ⅱ．①雨… Ⅲ．①散文集－中国－当代
Ⅳ．①I267

中国版本图书馆CIP数据核字（2017）第214887号

五月槐花香
WUYUE HUAIHUA XIANG

作　　者　雨花石
责任编辑　葛　毅
整体设计　王　磊
出版发行　太白文艺出版社
经　　销　新华书店
印　　刷　天津旭丰源印刷有限公司
开　　本　787mm×1092mm　1/16
字　　数　168千字
印　　张　18
版　　次　2017年9月第1版
印　　次　2024年1月第2次印刷
书　　号　ISBN 978-7-5513-1287-5
定　　价　75.00元

联系电话：029-81206800
出版社地址：西安市曲江新区登高路1388号（邮编：710061）
营销中心电话：029-87277748　029-87217872

序

雨花石的文学气象和创作特色

我不会写评论，要写也写不好。文中都是大实话，自己的一些肤浅感想，有时视角偏移，脱离主题，甚至有时看别人作品，讲自己的苦闷和愉悦，作者看了不高兴，读者看了别扭。

文友送来作品要我写评论，我大都拒绝，因为近期我有很多的创作任务。再者评论作品那是评论家的事，作家好好写作才是正道。但雨花石的作品我接了，一是他来自基层，是一位业余作者；二是他是一位教师，这个岗位让我敬仰。他这人真诚，吃饭时就告诉我，他给我带来了钱。吃完饭回到办公室，他给我手里塞了一沓钱，说这是阅读费。我不要，他硬塞。我说，因为你是基层作者，是一位教师，我才会放下手中的创作阅读你的作品，对你的作品点评一下；如果收费，就没了前提，也就不会写了。他才很不好意思地收回那沓钱。

1

整整搁了一个多月，我才把他的作品放到面前，这是一部散文集。因为是教师，教书育人的老师，他的文字功底很扎实，朴实无华的语言吸引着我。《三爷》写得很有特色，主人公参加过抗日战争，战争的惨烈来自于第一次见到日本兵的恐惧。另外，三爷负伤的逼真描写更是让人印象深刻。三爷不是英雄，当过俘虏，三爷的故事让我震撼。这篇小说写得曲曲折折，人物鲜明，很有可读性。

他的笔下大都是自己最亲近的人，有妹妹、弟弟、姐姐、父亲、母亲，舅舅、姨夫和老师等。当然还有朋友和同事，以及游记和往事。他的妹妹很倔强，很有个性。她对母亲很有意见，发誓不再来看望母亲，但没过几天她又来了。母亲怨自己生下这个鬼女子，光让她生气，却常常放心不下这个让她恼、让她恨的女儿。这就是亲情，扯不断、剪不断的亲情啊！

他很善于写散文，文中从不渲染，很少有议论，故事扑面而来，在故事中让你受到启示。他的文章看似无技巧，开头很直接，收尾很干练，其实在他的字里行间中隐藏着思想和睿智的形散而神不散的写作秘籍。他是一个有前景的作者，文中积聚的气势让我对他有期望。从他的行文中，我们感觉到他是个爱读书的人，因为他与书为友，我对他的前景无法估量。

咸阳是陕西文学的重镇，走近咸阳，春暖花开，是外人对咸阳文学气象的真实写照。近年来，咸阳基层文学新人不断涌现。雨花石是一位优秀的基层作者，他的作品多反映的是最基层的人物故事，带着泥土的芳香，土得很美，土得很有吸引力。这是他的创作特色，也是他创作的闪光之处。

王海

2017 年 3 月 2 日

王海：陕西省作协副主席、陕西长篇小说专业委员会副主任、咸阳市文联副主席、中国作协"九大"代表、中国海洋大学驻校作家、咸阳文物旅游形象大使。

目录

目录

五月槐花香

4

风雨山神庙

　　我的故乡位于漆水河畔，老虎山下。在老虎山顶有一个山神庙，它坐西向东，半间房那么大，土木结构，小小的屋顶上撒着几片瓦。紧挨庙的南面有一棵巨大的柿子树，

一到夏天茂盛的枝叶把整个庙都覆盖了。庙前是一棵皂角树。庙内有一个神龛，里面积满了香灰，两边垒了几个土墩。庙墙上画着几幅壁画，画上的人物着装奇特，腾云驾雾，想必就是"山神"。在我的印象里这个山神庙时不时地有人烧香，但是更多时候是赶集人、学生娃光临这里，把它当作歇脚和避雨的地方。

山神庙的山下有四个村子——樊家河、郭家村、安头村和好畤河村。这四个村子的乡亲们每逢有集的日子都经过山神庙去仪井镇赶集，我们这些上初中的孩子也要经过山神庙去仪井中学上学。二十世纪八九十年代，我们这里还不发达，人们出门都是步行。每逢赶集，乡亲们吃过早饭，手里提着公鸡，腕上挎着一篮鸡蛋，有些还背着自家地里收割的旱烟，唤上几个乡亲，就赶集去了。翻过一架坡，人已经气喘吁吁。这时正好到山神庙，赶集的乡亲们蹲下来，男的抽几锅烟，顺几口气，女的拉一会儿家常，就又启程了。再走六七里就到了集市。那时候的人们每回赶集也没有多大的事情要办，他们无非是买一些油盐酱醋、火柴，给过满月的孩子扯一块布，给上学的孩子买点儿笔墨纸砚。集市上转了一圈，到午饭时了，乡亲们顺便买一份豆腐脑或者凉皮解解馋。最后给孩子买点油糕、麻花之类的吃食，这些东西不能忘，这可是孩子特别叮咛的。等一切都置办好，太阳已经偏西了，赶集的乡亲们肩上背着、腕上挎着，满载而归。到山神庙前时，已是筋疲力尽了。不由分说，他们就都坐下来，互相交流着集市上的见闻，不时发出咯咯的笑声。原来赶集的一个大叔说了一个"酸话"，逗得那个结婚不久的小媳妇忍俊不禁。歇息片刻，眼看太阳就要落山了，想到家里孩子还等着自己买的好东西，他们就又出发了。

　　记得我们上初中那会儿，实行的是小礼拜，即星期六下午学校放假，星期天晚上到校上自习。记得每逢星期六的时候，我们这些住校的同学就坐不住了。一周的干粮袋到这时候都蔫了。人坐在教室里，心已经飞回了家，已经闻到母亲给我们做的浇汤面的香味了。中午最后一节课下课铃声刚一落，我们这些远乡的孩子，像出笼的鸟儿一样，一下子奔出教室，向家的方向飞去。年轻的我们像一头头小驴驹，一路上欢蹦乱跳，等到山神庙时，一个个汗流浃背、上气不接下气。到家时，母亲已经把香喷喷的浇汤面做好，等着我们这些学子饱餐一顿。我们这些馋了一星期的"饿狼"，狼吞虎咽，一口气能吃二三十碗。那时候，各人家里都不怎么宽裕，一周能吃一顿浇汤面真的是一种

风雨山神庙

003

"奢望"。在家的一天时间，我们也不能闲着，如果是春夏秋季，就去给牛割草；碰到冬季，还要帮家里人打柴。

山神庙旁的柿子树历史很悠久了，它粗壮的树身被黑漆漆、厚重龟裂的树皮包裹着，触摸一下，给人一种历史的沧桑感。从树身发出的几条树枝向四面八方伸展着，遮住了整个山神庙，有些还伸到了公路上。一到夏天，一片片大如手掌的柿叶缀满了树枝，密得透不过一丝阳光，整个树似一把巨型遮阳伞，给路过的行人创造一个歇凉的好去处。秋天的柿子树更是一番景致，红彤彤的柿子缀满枝头。每逢星期六下午我们归来，或者星期天我们上学到达这里，都要停下来，爬上柿子树去摘红艳艳的柿子。这时候男生一般上树摘柿子，女生在下面接柿子，这场面可热闹啦：女生在下面指导"这边"，上面的男生说"在哪儿，我看不见"。女生生气了，说："你真笨，连那也看不见。向左一点儿，看见了没？"

"接住，我丢了！"男的说。

"小心，别丢在我身上！"女的叮嘱。

啪，柿子掉了下来。

哇，下面的女生发出惊叫声。原来柿子不偏不斜正好砸在了女生的头上……红红的柿子软软的，吃在嘴里甜甜的。其实最好吃的是柿子就馍。一口馍一口柿子，柿子味和馍味杂糅在一起，别有一番滋味。在这个季节，喜鹊也常光临柿子树。它们在成熟的柿子上啄了一个个洞，老人们叫这种柿子"噶哇漏"，说谁能吃到这种柿子，表明谁有福。我就曾经吃到过这样的柿子，确实特别甜。试想一下，连喜鹊这种精灵都吃它，它能不甜嘛！

时光荏苒，历史的脚步迈入二十一世纪，周围的一切都发生着变化。山神庙旁边的石子路变成了柏油马路，而且路面越来越宽；路上跑的车也多了，以前多是拖拉机、牛车，现在多是小汽车、大卡车。山神庙前后的村庄也发生了巨大的变化，以前的土木结构的房屋已被砖混结构的二层楼房所代替，大多数家庭安上了闭路电视，乡亲们用起了手机。当年的山野毛孩都有了出息，有的承包了当地的水库，成了致富能人；有的进城打工当了老板；有的学业有成，在政府部门干得有声有色……只有山神庙"容颜依旧"，瓦还是那一片片瓦，神龛还是原来的神龛。旁边那棵柿子树仍然枝繁叶茂，夏天洒下一片绿荫，秋天奉献一树红果，只是少了点儿欢乐：再也看不见过往行人一边歇凉，一边聊天的热闹；再也看不见学生娃摘柿子的热闹场面；再也没有烧香的香客……山神庙，你寂寞了许多，你被人遗忘了。所以你也衰落了许多，你屋檐的一角塌落了，你门前的那棵皂角树消失了。

山神庙，你像一位历史的见证者，目睹了周围村庄的历史变迁，目睹了村民们经历的那些艰苦岁月、幸福时光。

故乡的山神庙，周围发生的什么事情都逃不过你的眼睛，你是历史的守望者，是我童年、少年的记忆。走到天涯海角，我怎么能忘记你！

传递正能量，弘扬真善美

——观《平凡的世界》有感

历史进入到21世纪，人们的物质生活极大丰富，不再为吃穿发愁，全身心投入到创造经济效益中去了。衡量一个人的能力，不再看你劳动的多少，而看你一年收入了多少。现在的年轻人相处，俩人志趣相投、情真意切固然重要，但女方看中的多是家庭的经济实力，看你有没有房，有没有车。朋友相处，荣辱与共的也有，但更多的是经济利益的结合体。工作中，有事业第一的勤勉者，但也不乏人浮于事者、中饱私囊者、道德沦丧者、贪污腐败者。结果，一些人很迷茫，他们徘徊，渴望一种正能量。真善美能拨正国人的心态，时下正在热播的电视剧《平凡的世界》正好满足了人们的这一愿望，该剧在广大观众中引起了不小的热议。最近一段时间，只要你稍加留意，在办公室、大街上、公交车上、地铁车厢、饭馆里，都能听到那原汁原味的陕北方言,不同年龄层次的人都在观赏该剧,不管是 60 后、70 后、80 后还是 90 后。

《平凡的世界》这部电视剧和同名小说一样,为什么能引起这么多人的共鸣呢?我分析了一下,有下面几个原因。

第一,当今社会,男女之间的关系、朋友之间的关系,都带有太多的"铜臭味",太实际,人与人之间缺乏真善美的情感。这部电视剧正满足了人们对这一缺失的需求。在该剧中,主人公孙少安和田润叶的男女之情,是一种纯真的感情。田润叶和孙少安出生在陕北一个叫作双水村的地方,两人青梅竹马、两小无猜,经常一起到小河里抓鱼、游泳,一块儿上山拾柴火。小妹妹受了欺负,做哥哥的挺身而出,护着妹妹。这种小时候积累的情感,在少女的心里发酵,最后变成爱情。田润叶永远都没有忘记少安哥,即使当她成为一名公办教师,孙少安还是一个地地道道的农民的时候。别人给她介绍的干部子弟她一个也看不上,哪怕李向前这样的县委副书记的公子她都看不上,她心里只有她的少安哥。就像田润叶自己所表白的那样:"少安哥是我生命中唯一的男人,除了他,我心里装不下其他男人!"还有田晓霞与孙少平的感情、郝红梅与田润生的感情,他们都冲出了世俗的偏见,还人间一份真情。在这方面,孙少平与田晓霞的感情更为感人。身为地委书记女儿的田晓霞拒绝了中央高官之孙高朗的求爱,毅然地投进了出身低微的孙少平的怀抱。在得知女友英勇牺牲的那一刹那,孙少平顿感天崩地裂,甚至产生了幻觉,认为他的女

传递正能量,弘扬真善美

007

友没有死，而是以生命的另一种形式存在于宇宙里。真是感人至深，不知该剧演到此处使多少青年男女流下了真情的眼泪！

第二，说到友情，《平凡的世界》给我们彰显了真挚的友情，那种设身处地为对方着想的友情。最能体现这一点的就是孙少平与发小田润生的友情。润生家庭条件优越，父亲是村支书，吃的是白馍；少平吃的是黑馍，就这也时常断炊。这一切润生都看在眼里，他时常给少平粮票和白馍，见到别人欺负少平穷时，他"路见不平拔刀相助"。高中毕业俩人都回到农村，村办初中只需要一名老师，润生为了把这个名额让给好友，自己参军了，这是少平后来才知道的，他真是感动。几年后润生退伍了，但却聋了，少平万分内疚，从此俩人的关系更加亲密。还有孙少安和田海生、金俊武的关系更是没的说。只要谁有困难，要是让对方知道了，彼此都会解囊相助。这是在黄土高原这块土地上耕作的人们结下的最纯朴的友情！

第三，这部电视剧也流露出了人性的善良。还是先拿孙少安来说吧！不怕苦不怕累要把日子过上去的孙少安好不容易揽到了一个拉砖的活，只一个晚上他那头用东奔西跑借来的钱买的骡子被人偷了，孙少安急得像热锅上的蚂蚁。偷骡子的贼看到他着急的样子，于心不忍，再加上别人的耐心劝导，第二天骡子回来了。虽然贼的偷窃行为是人性丑陋的一面，但他的悔过和补救行为又反映了人性善的一面。还有李向前在跑运输途中，只要遇到步行的路人，都会停下车捎他们一程。还有孙少平在黄原第一次揽工遇到的村支书，又是帮他办农转非，又是介绍他当了煤矿工人。在铜城煤矿，孙少平遇到的师傅一家人把他当亲人一样看待。这种种事例无不揭示了人性善的一面。

第四，这部电视剧也给我们传递了一个信号——男人要有担当。孙少安就是一个典型的例子。一个六七口人的大家庭，温饱都成了问题，孙少安没有吭声，默默地承担起了这副重担。早出晚归，耕作在田里，奋战在坝上，经常是饥肠辘辘，饿着肚子。吃饭时把稠的都盛给奶奶、妹妹，自己吃稀的。家里的光景好了，妻子提议分家单过，孙少安火了，骂了妻子一通，说无论如何都不能分，因为奶奶年纪大了，弟弟妹妹都还小，他不能没有担当。领导干部的好榜样田福军，也是敢于担当的汉子。当原西县委副书记期间，县委一把手的冯世宽还在坚持搞阶级斗争，而当地的农民还吃不饱饭，甚至有饿死人的现象。这时候田福军发话了："开仓放粮，出了事我担着！"还有就是孙少平的师傅死了后，孙少平顶着别人的风言风语，担当起照顾师母和儿子明明的任务。这需要多大的气魄啊，他们作为男人敢于担当，义无反顾。

第五，这部电视剧也表现出领导干部爱岗敬业、清正廉洁、以身作则的一面。在这方面，田福军无疑是一个典型的例子。就拿他指挥宝康市抗洪救灾这件事来说，为了让全体市民安全撤离，他亲力亲为，奋战在抗洪第一线，一连几天几夜没有合眼，在省委书记的劝说下才到隔壁的

传递正能量，弘扬真善美

房间里合了一阵眼。当听说自己的妻子和黄原大桥坍塌事故有牵连时，他带着妻子主动投案自首。他们是党的好干部，他们的做法值得肯定。"实干兴邦，空谈误国""千里之堤，毁于蚁穴"就是这个道理。

人并不是仅仅为了钱才活着，我们还需要爱情和友情，还需要对社会多做贡献，这样我们才活得有意义，才不愧于这个时代。

我们这个时代太需要正能量和真善美的存在了！

窗外沙沙声

在我们这个居住着 200 多户人家的小区里，不知什么时候来了一对中年夫妇。两人看上去约莫 50 岁的样子，说话略带南方口音，女的背有点儿驼。

小区的物业刚开始是有人清运垃圾的，清洁工是当地的村民。他们四天清运一次垃圾，每次还没等到第四天，全小区几个垃圾仓已堆得满满的，都溢了出来。一到夏天，没有及时运走的垃圾散发出刺鼻的臭味。更让人无法容忍的是，太阳一晒，垃圾里腐烂的瓜果流出一股股污水，淌得满地都是。一到冬天，北风一刮，塑料袋、纸屑漫天飞舞，地面上无处不见垃圾。因此业主对物业管理意见很大。先前的清洁人员被辞退后，就来了这夫妇俩。他们的到来彻底改变了小区的卫生状况。

这夫妇俩长期驻扎在这儿，他们既负责打扫又负责清运。每人一把扫帚、一把铁锨、一辆手推车，每人车辕上系着个大纸袋，以便在清运垃圾时捡到一些易拉罐、矿泉

水瓶、啤酒瓶等有用的弃物，装在袋里，好拿去卖。

　　每天天还没亮，人们还在睡梦中时，就听到沙沙的扫地声，不紧不慢，由远而近，再由近而远。天天如此，月月如此，年年如此，从未间断。刚开始还没注意，渐渐地每天一听到这沙沙声，我就醒来了。躺在被窝里我就想，这两位工人怎么这么准时、勤劳？

　　我是一个懒惰的人，爱睡懒觉，太阳不晒在屁股上绝不起床。等起床的时候，离上班的时间只剩下几分钟了。每当这时，我就匆匆地起床洗漱，顾不得吃早饭，直接冲向单位，常常搞得人手忙脚乱。也因为贪睡，今年才四十几岁的我，经常腰酸背痛，未老先衰。曾经几次信誓旦旦地对自己说："从明天早晨开始跑步！"可是等到第二天早晨听到清洁工夫妇扫地的声音时，我试图从被窝里抽出身体，却总觉得睡意未尽，于是眯着眼睛，对自己说："明天吧，明天一定早起！"等到明天还是老样子。每天早晨的沙沙声，像催促我起床的钟表，但是我常常失约。我恨起我自己来了，我把多少时间浪费在睡眠上了。如果我早起一小时，先锻炼半个小时，再写作半个小时，一天的感觉一定是精神饱满、特别充实。日本作家村上春树成名后谈自己的写作经历时说："有些人在搞创作时，是通宵达旦、夜以继日地写，结果把自己的身体搞垮了。我每天早晨起得很早，先晨跑，一边跑，一边构思今天要写的内容。一个小时晨跑下来再挤出半小时写作，我就是每天坚持写作这半小时，而后成为作家的。""不积跬步，无以至千里"，也许就是这个道理。

　　窗外的沙沙声，是催我奋进的号角！

春　雨

　　昨天不知什么时候天阴了下来，灰蒙蒙的，不时掠过几缕春风，不觉让人打几个寒战。虽说是春天，但冬天的影子还没有离去。我真的没有想到天会降雨。

　　习惯成自然，5点30分我睁开惺忪的睡眼，正准备起床，突然听到滴滴答答的雨声。"下雨了！"我惊喜地发出声来，同时放下正穿的衣服，听个真切。"没错，是雨声！"我加快了速度，三下五除二下了床，打开了房门。晨雾笼罩了整个院落，翻滚着，缭绕着，微光中我只能看到黑魆魆的两棵梨树。顺着那一绺灯光望去，我看见泛着白光的水波，间隔着，那么几眼，是春雨一滴一滴汇成的。噢，那是春雨的杰作。我顿时嗅到了湿润的春的气息，感到春的可爱。春天不仅需要春风，更需要春雨。春姑娘乘坐着春风从冬天那里走来，已是满面尘埃了，一经春雨洗涤，她青春焕发，多了几分灵秀。

　　静静地望着这一切，我会心地笑了。我的思绪回到前几天。刚脱了冬装的麦苗没有春雨的滋润，显得那么弱小，耷拉着头，紧缩着身子，一个劲儿地喊："水，水，我要喝水。"无论是打着花骨朵儿的桃花，还是含苞待放的杏花，都频频点头，无不显示着对春雨的渴求。农夫背着化肥在田埂上踱来踱去，唠叨着："这天还不下雨，麦苗快渴死了！"

"随风潜入夜，润物细无声"的春雨啊，你使大自然的万物充满了生机。麦苗大口大口喝个不停，腰肢舒展了；树木尽情地吮吸着，精神抖擞了，枝叶更绿了；桃花在春雨的沐浴中绽放着。农夫喜上眉梢，在田地里撒着化肥，逢人便说："这雨下得好！"

不久，将是一个万顷碧波、花团锦簇、欣欣向荣的春的世界！

大　婆

　　大婆是我老屋对面的老邻家。在我童年的记忆里大婆是三寸金莲，时常拄着一根拐杖，盘着发髻，大大的耳垂上缀着一对银耳环。她人白白胖胖的，没事时经常盘着腿坐在自家门前的青石墩上，凡是从门前经过的人她都主动打招呼，人很和善。不管是穷人也罢，富人也罢，她都是一视同仁，对此我深有体会。二十世纪八九十年代，当时我家情况不太好，我们兄弟姐妹常受到邻居同龄孩子的欺负，有些大人也给我家白眼。大婆就不一样，她对我们很是亲切，每每见到我的父母和我们兄弟姐妹几个，没等我们发话，她就热情地和我们打招呼，"××（我爸的名字），你干啥去？""××（我妈的名字），你从地里才回来！""看你两口勤快的，几个孩子跟你们一样！"见到有孩子欺负我们时，她就吆喝训斥那些小兔崽子，绝不留情。在我的记忆里大婆是一位慈祥的老人，我们爱她，父母也尊敬她。父母亲经常说，"大婆那人胜过亲戚！""滴水之恩当涌泉相报!"父母亲没忘记大婆对我们的好,我们家每每有好吃的东西都要给大婆送一份:母亲酿的醋、秋天摘的枣、腊月二十三杀猪煮的肉。远亲不如近邻,更何况有些亲戚不是远亲,对我们也不好,这样的亲戚就更不及大婆这样的近邻了。人活着要有尊严,其实穷人对这一点是很敏感的,一个富人对一个穷人以礼相待,那么这个穷一点儿的人是很感激的。

听父辈人讲,大婆年轻时是一个很厉害的女人。她的婆家在旧社会是大地主,全家人口众多,家内是她主事,家外是丈夫主事。不幸的是在她三十几岁时丈夫英年早逝,留下四个孩子。丧夫之痛没有击垮她,她没有改嫁,凭借她"王熙凤式"的管理才能,硬是把这个家支撑了下来,把四个孩子抚养成人,相继娶妻生子,事业有成。大儿子满腹经纶,说话引经据典,风趣幽默,在村上当会计、大队长多年,打得一手好算盘,"狮子滚绣球""九国坑嘟",动作娴熟,他给我们这些小孩经常表演。表演开始了,只见他一只手抓起算盘,用力一甩,算盘上的上珠和下珠各就各位。接下来,他把算盘往桌子上一放,只见他右手的五个手指在算盘上来回拨动,动作之敏捷、娴熟令人叹为观止,你只能听见算珠在算盘上磕碰发出连续不断清脆的响声。父亲是很佩服他的,曾经极力要求我拜在他的门下学习打算盘。由于我的愚笨,这件事就搁浅了。老二青年从军,晋升为营级干部时转业到地方上,当了镇长,最后当了局长。老三从事金融行业,最后当了银行行长。他们

对老人都十分孝敬，今天这个儿子把母亲接去小住几天，明天那个儿子接去小住几天，大婆家门前时常停放着小车。大婆是和小儿子过的。小儿子当时在我们村也算得上是一个有本事的人，在当地的石场当场长，家庭情况当然好，对老人也好。时常给自己的母亲改善饮食、买新衣服，只要母亲要的他从没拒绝过，在空闲时间也经常陪母亲聊天。在春天的午后，在夏天的傍晚，我经常见到大婆盘着腿坐在铺有垫子的青石墩上，小儿子坐在她旁边的小凳子上，母子俩坐在一起唠嗑，有时候大儿子也加入进来（他们挨门住着），时不时能听到他们开怀大笑的声音。其中大婆的笑声最响。大婆是一个很幽默的人，这一点我记忆犹新。她的几个儿子也是，他们和人聊天，经常把周围人逗得捧腹大笑，这一定是得了大婆的遗传。在中国传统文化里，父母亲与儿女的关系永远是"正襟危坐"，显得很严肃，而像大婆母子这样，两辈人关系这么随和、融洽实属罕见，令人羡慕。

在我们还住在老屋时，大婆去世了，终年80多岁。去世前没受一点儿病痛的折磨，这也许是大婆生前修来的福。在缺少文化的农村，一个不识字的妇女青年丧夫，独立支撑一个大家庭，并且成功抚养了四个儿子；在她老年，与儿女关系融洽，晚辈孝敬备至，对邻里乡亲一视同仁，尽显慈祥。

大婆堪称妇女之楷模！

大唐重臣，魂归永寿

　　说到唐朝，不得不提到李世民；说到李世民，不得不谈到长孙无忌。隋朝末年，唐王李渊从太原起兵，长孙无忌跟随，后又追随李世民南征北战，再后来与房玄龄、杜如晦参与并策划"玄武门之变"，帮助秦王李世民夺取了皇位。贞观年间，唐太宗李世民鉴于他的功勋和姻亲关系，封其为左武侯大将军、吏部尚书、司空、司徒、侍中、中书令，赐赵国公，在凌烟阁功臣中长孙无忌列首位。可以说贞观年间是长孙无忌仕途的黄金时期。可是在高宗执政时期，长孙无忌的地位每况愈下。唐太宗驾崩前，欲立吴王李恪为太子，根本没考虑李治，他对于晋王李治的性情懦弱，忧虑不已。但长孙无忌极力推荐晋王，说"太子（李治）仁厚，乃是守成之王"。又说吴王李恪虽有文治武功，但其有结党谋逆之心。唐太宗听了长孙无忌的建议，最后传位于李治。在这一点上，李治应该记他舅舅的恩情。如果没有舅舅长孙无忌的谏言，他是很难成为皇帝的。在

随后的岁月里，正如李世民所料，李治的懦弱表现了出来。他不理朝政，专宠武昭仪，以至于想立其为后，在这件关乎国家命运的大事上，长孙无忌以顾命大臣的身份，挺身而出，极力反对，李治起初因为外甥和舅舅的关系，更念其举荐自己接班的旧恩，给其面子，没把他怎么样。但是武则天集团从此盯上了长孙无忌，她怂恿卑鄙小人礼部尚书许敬宗诬陷长孙无忌有谋反之心。在中国封建时代，凡是大臣有谋反之心，做皇帝的是万万不能留你的，即使你是皇亲国戚、兄弟儿女。有这样的证据，作为皇帝的李治也无能为力，结果长孙无忌被削爵流放贵州，最后被迫自缢而亡。

这一情节在电视剧《武则天》里演绎得很形象。剧中顾命大臣长孙无忌、褚遂良等人在大殿上慷慨陈词，极力反对立武则天为皇后，要唐高宗李治收回成命。褚遂良念先帝之恩，为表忠心，一头撞死在柱子上。武则天集团还没有善罢甘休，接下来许敬宗等人对长孙无忌罗织罪名、栽赃陷害，使其冤死。看到此处，使人对这些忠臣产生敬意，对那些小人流露出咬牙切齿之憎恨。老天有眼，唐高宗李治也觉得冤枉了舅舅，出于愧疚之心，上元年间，高宗下诏为舅舅平反，为其恢复官爵，让其孙长孙元翼承袭赵国公爵位，并把他陪葬昭陵。这是长孙无忌在政治上的宦海沉浮。

观其一生，长孙无忌在其他方面也颇有建树。他主持修订《唐律疏议》，奠定了唐朝两百多年的律法根本。

这样一位在唐朝历史上叱咤风云的人物，死后魂归故里，葬在他的故乡——永寿坊。这就是长孙无忌墓的来历。带着对这位历史名人的好奇和敬仰之心，春日的一个午后，我们四人一行，拜访了一次他老人家的墓。汽车在槐山的盘山公路上行驶着，突然在公路左侧的村碑上赫然出现"永寿坊"三个大字，我们喜出望外，把车拐进了村子。在村民的指引下，我们向村子东北方向进发。远远的，我们望见一个用灰砖围起来的院子，中间安着一个大红铁门，几分钟的时间我们就到达了目的地，但是门锁着，真是扫兴。本想回去，又不忍心，毕竟慕名而来，岂能空手而归！我们又返回村子去打听，听一个村民说，墓地大门的钥匙在大队部。我们进去，说明了来意，大队领导马上叫来一个看墓的老头，让他给我们开了门。这是一个两三亩大的院子，进入大门迎面是一个亭子，里面石碑上刻着长孙无忌的生平简介，亭子的后面是老人家的石刻像，再后面就是先生的墓冢。圆圆的，像个馒头，但比馒头要大上千上万倍，确切地说更像一个蒙古包。从墓冢的体积规模上就能看出，这不是一个寻常百姓人家的墓，但和帝王的墓相比较却有点儿逊色。

　　从生平简介上知道，无忌先生祖籍河南洛阳，永寿坊是他的第二故乡。他和家人怎么来永寿坊这个地方的，我们不得而知。据史料记载，长孙无忌平反昭雪后，被陪葬在昭陵。那么永寿坊的长孙无忌墓又是怎么回事呢？带着这个疑问，我们咨询了一下这位看墓人。他说，这里埋的

大唐重臣，魂归永寿

可能是无忌先生的头骨。后来老人补充说，墓冢西面有条沟，据说是人工开凿的。若如此，可见无忌先生当时的影响力有多么大。老人还说，这座墓一直以来被村民自发地守护着，保存完好，曾经一度有人来盗，被村民发现后，盗贼落荒而逃。

长孙无忌，这位唐朝三朝元老，任宰相30余年，有文武之才，为初唐有名的政治家。他身为国戚，权重而不专，为朝廷忠心耿耿，尽职尽力，为唐朝典章制度的制定做出了重大贡献。不愧为一代名臣，应当受到族人的敬仰和守护。熟悉永寿历史的人都知道，永寿坊的村民都姓长孙，除了几个入赘的外姓人。地灵人杰，一方水土养一方人，永寿坊这片热土养育了长孙无忌这样的国之栋梁，也养育了其妹长孙皇后这样的才貌双全的巾帼英雄。长孙皇后13岁嫁给唐太宗，辅佐夫君、打理后宫，亲撰《女则》10卷，总结古代妇女的得失，供后宫嫔妃参考。

永寿坊出人才自古有名，出的女人有"女貌"，出的男人有"郎才"。

到野外去

到野外去，站在视野开阔的水库边，极目远眺，碧水茫茫、波澜不惊，野鸭在水中嬉戏，捕鱼人在扁舟中撒网。惊蛰刚过，春风拂面，阵阵鱼腥味扑鼻而来，真是来到了水边。这时候，你张开双臂，闭上眼睛，真有点儿飘飘欲仙了，顿时沉闷的头脑清醒了许多，郁闷的心情欢愉了许多。长久囚禁在城市写字楼的身心终于放松了。

到野外去，去眺望那刚刚苏醒的群山。光秃秃的荆棘、黑魆魆的蒿草紧裹着山脊、山腰，一切还像冬日的样子，萧瑟而苍茫，我都有些想转移视线了。突然，远远的，这儿一簇，那儿一簇，浅红色的一树树小花，把整个冬意浓浓的山坡给唤醒了。我心里惊呼："是杏花，杏花开了，春天来了！"乍暖还寒、春寒料峭之际，杏花像春天的使者，首先到达了人间。此时我不由得想起宋朝诗人梅尧臣的诗句："不待春风遍，烟林独早开。"不畏严寒，率先开放，真是铿锵杏花！

到野外去，带上你的孩子和妻子，去放风筝。父亲双手擎起风筝，孩子向前跑着放线。"儿子快跑起来！"父亲放开了手，风筝倏的一下蹿上了天空。"爸爸看，风筝飞起来了！"还在跑的儿子喜不自禁，旁边的妈妈也鼓起掌来。年轻的夫妇俩并没停下来，他们也向前跑去。你看，妻子、丈夫、儿子，他们一家子拿着放线板，徐徐地放着线，风筝一点点向高处飞去……阳光明媚，和风煦暖，碧空万里，麦苗青青，奔跑的少年，跟随的夫妇，高翔的风筝——这是春的画面。

到野外去，背上行囊，徜徉在山涧沟壑，看山花烂漫、绿色欲滴，听山鸟啁啾、山泉叮咚，摄苍鹰翱翔、松鼠嬉戏。累了，仰躺在岩石上小憩片刻；饿了，打开行囊，嚼几口饼干，吃几口咸菜；渴了，饮几口山泉，浑身轻松。

置身于山野中，水是你的血液，山是你的骨骼，花鸟鱼虫是你的肌肉。大自然构成了你，哺育了你，你离不开自然。你怎么能离开自然呢？我们远古的祖先来自于自然，他们采摘野果、猎取野兽，剥兽皮以为衣，掘山穴以为居。慢慢地，他们走出了山林，筑房而居，从事正规的农业生产，从此人类进入了农业文明时代。随着商品经济的发展和繁荣，工业文明到来了，人类又向城市迁徙，到20世纪后半叶时，中国的"民工潮"一浪高过一浪。到城市生活成了他们美好的向往，一时，大自然被人们遗忘了。然而，拥挤、污染、噪音成了城市身上挥之不去的顽疾，这时候人们恍然大悟——原来大自然是人类最好的归宿。一时间

"到野外去"成了人们的向往。

其实，人生就是一个轮回——你开始出发的地方，最后成了你的归宿。

到野外去，去实现你的返璞归真！

别样的麦积山

向往麦积山很久了。2016 年 8 月的一天，我和同事开车前往那里，一路上心里装满了对麦积山的畅想。原以为秦岭山在陕西境内，没想到深入到甘肃境内那么深。我们开车上了连霍高速，一路上都是连绵起伏、高耸入云、平地拔起的石山，半山腰云雾氤氲，云蒸霞蔚，山上植被茂密，郁郁葱葱，一眼望不透。汽车在高速路上奔驰，穿过了一个又一个隧道。从宝鸡到天水这段路隧道特别多，一个接着一个，其中有一个隧道长达 10 公里，感觉怎么走都走不到尽头。终于到达天水境内了，眼前豁然开朗，山势也平缓了下来，然而来到麦积山时又是另一番景致。远远地我们望见一块平地突起的红褐色石山，它坐北向南，像一簇麦垛，其对面是一个环形山，属于秦岭余脉。在这环形山的怀抱里满是青翠欲滴的松柏、榛树、山桃等多种树木，犹如一个硕大无比的植物园。

五代时天水人王仁裕撰写的《玉堂闲话》记载："麦

积山者，北跨清渭，南渐两当，五百里岗峦，麦积处其半，崛起一块石，高百万寻，望之团团，如民间积麦之状，故有此名。"据史料记载，麦积山石窟始创于十六国后秦（公元384—417年）。北魏、西魏、北周三朝，大兴崖阁，造像万千，隋、唐、五代、宋、元、明、清都曾不断开凿或重修。洞窟开凿在悬崖绝壁上，密如蜂房，栈道凌空穿云。现存窟龛200多个，泥塑、石刻造像7000余尊，壁画千余平方米，北朝崖阁8座。麦积山是我国著名的四大石窟之一。

麦积山石窟最大的特点就是泥塑造像的人格化、世俗化，它们形神兼备、动静相生，具有独特的风格。懂一点儿中国古代史的人都知道，佛教自汉朝从印度开始传入我国，发展于魏晋南北朝，到隋唐、五代十国时达到鼎盛时期。那时的人们对佛顶礼膜拜、虔诚至极。佛在众多人眼中都是慈眉善目，庄严肃穆，给人一种"可远观而不可亵玩焉"之感。寺庙、佛堂被认为是红尘外的一方净土，除了供养佛，任何私人的东西都别想进入这块圣地。但是在麦积山石窟就不同了，这里除了供养众佛众菩萨，还有私人的供奉。第043窟就是一个例子，它是一座陵墓，称为寂陵（魏后墓）。据史载，魏后乙弗氏年少时容貌华美，知书达理，谨于言笑。16岁时嫁给西魏皇帝元宝炬，婚后乙弗氏宅心仁厚、宽以待人、节俭有度，无嫉妒之心，西魏帝深爱之。他们夫妻恩爱，生有多子，包括后来的魏废帝元钦。不幸的是，突然有一天柔然汗国大举进犯西魏边

境，元宝炬为保全西魏国和自己的皇位，采取了和亲政策，迎娶柔然头兵可汗之女郁久闾氏，并立其为皇后，废黜乙弗氏。之后乙弗氏削发为尼，遁入空门，修行于麦积山石窟。谁知，郁久闾氏并不死心，担心乙弗氏有一天夺取她的后位，所以逼迫元宝炬赐乙弗氏一条白绫，了结其性命。当太监风尘仆仆赶到麦积山后，乙弗氏明白了一切，她平静地接过白绫，到另一个洞穴了结了自己，临走前还祝西魏江山永固！乙弗氏死后就葬在了麦积山一洞窟，称为寂陵。后来，元钦登基，把母亲的灵柩迁到了长安和父亲葬在了一块儿。这真是一段凄美的爱情故事！我们在感动之余难免有点儿痛心。在中国古代，皇帝为了保全江山，一切都可以抛弃，包括自己最心爱的妻子。说什么"爱江山更爱美人"，应该改成"爱美人更爱江山"！

越深入游览，你就越能感觉到泥塑造像的亲切，它们的世俗化已达到惟妙惟肖的境地。第 121 窟给我们展现的是一对女弟子，她们穿着长袍和纱衣，戴着高高的帽子，一个上面是牛角形的饰品，一个是方块形的装饰。她们站立着，颔首，微侧着脸，正在窃窃私语，脸上堆满了笑容，活脱脱现实中一个生活细节的写照。她们俩正在说什么悄悄话呢？这么高兴！是不是在说"怀仁法师敲着敲着木鱼，睡着了，呼噜声响彻了整个佛堂"？是不是一个对一个说"昨晚童远小沙弥送给了我一只手镯"？或是说"父亲昨天来看我了，说我捎给家里的钱把弟弟的病治好了"？有很多种可能，但都是美好的事情。远离人世纷扰的这方净土虽然清冷，但少女的天真未泯。

第133洞窟的小沙弥泥塑更是形象逼真。他十二三岁的年纪，穿着一件褪了色的麻布僧衣，几绺稀疏的头发贴在脑门上，嘴巴微张，眼睛笑成了一条线，像极了聪明的一休。原来在佛国世界，还有那么灿烂的笑容。想想应该有的。魏晋南北朝和五代十国时期，政权割据，中国大地四分五裂，特别是北方，连年混战，民不聊生，人民流离失所。在这乱世中，给孩子指一条生路，无疑寺院、寺庙是最好的去处。在这偏安一隅的佛门净地，没有了红尘中的血腥杀戮，仅存的是人对佛的敬仰，人与人的友善，小沙弥怎能不露出甜甜的笑容呢？

我常想，当民间雕塑家在面对一个新开凿的石窟时，他们一定想："这个石窟塑个什么呢？继续塑佛，有点儿太单调了。那塑什么呢？"思索了良久，突然院子里走过几个女弟子，又跑过去一个小沙弥，他们灵机一动，"就塑他们！"不几天，一个个活灵活现的普通人物定格在了洞窟中，留下了千年的微笑。今天的我们看到这些泥塑感到了无比的亲切。通过这些小人物，我们了解了那个遥远年代的社会生活。他们都是小人物，但反映的是大时代。《清明上河图》不也是如此吗？众多市井小民的群像却反映了北宋汴京的繁荣景象。罗中立那幅《父亲》的油画来源于他被下放大巴山期间认识的一位老农的形象，油画中那位脸上有刀刻一般皱纹的父亲，双手虔诚地捧着一个粗瓷碗，充满希望的双眼凝视着前方……他是中国大地上千千万万

别样的麦积山

平凡父亲的缩影，却不知打动了多少读者的心。所以，毛泽东说过，人民是历史的创造者。麦积山窃窃私语的女弟子、微笑的小沙弥，他们是小人物却与佛并肩立于神坛，接受人们的瞻仰，让佛以一种世俗化的方式走进了寻常百姓的生活。看到这些风格独具的泥塑，怎能不让人感到亲切、自然？它们怎能不流芳百世?！

我感叹麦积山的别样了！

年轻人要不断地去折腾

折腾是奋斗，是不服输，跌倒了再爬起来，继续前行，直到把生活折腾成自己想要的样子！

生命不会重来，年轻是我们的资本，我们有的是朝气蓬勃，我们有的是精力充沛。不趁这时去折腾，等我们老了，我们就没有了气力、没有了激情、没有了闯劲，到头来一事无成！

马化腾折腾了，打造了腾讯帝国；马云折腾了，创造了阿里巴巴的神话；丁磊折腾了，成了网易的掌门人；雷军折腾了，诞生了小米科技。

折腾是人生一道亮丽的风景！折腾，让我们每天的生活都是充实的，人生都是美好的！

折腾的过程又是苦的、累的、心酸的、艰苦的。马化腾当年创业途中，没有了资金，甚至连买一包方便面的钱都没有；马云创立阿里巴巴时，断了资金链，只得到处筹钱。俩人没有被困难吓倒，咬紧牙关，排除万难，最后都

成功了！

没有翻不过去的火焰山，没有蹚不过去的黄河水。只要心怀坚定的信念，老天爷也会眷顾你！爱因斯坦说过："我99次都是失败的，第100次成功了！"折腾的过程可能是苦的，但是结果是甜的。

折腾，先要有一双锐利的眼睛，确立正确的发展方向，展望事业的发展前途，然后义无反顾地走下去，生活定不会辜负你！

我们都羡慕成功人士那头顶的光环、那显赫的地位、那雷厉风行的做派，谁又能知道他们成功的背后都浸满了心酸！

年轻人，去折腾吧！

耀辉叔

  在樊家河村的街道上，在乡间土路上，一年四季，你时常能见到一个60多岁的老汉。他弓着背，拉着架子车或扛着镢头，嘴里叼着一杆烟锅，独自一人，和谁也不说话，默默地干着活，默默地走着路。他就是小名叫"尾巴"的耀辉叔。

苦难的经历

耀辉叔生于 1945 年，是他父亲唯一的儿子。他父亲在家排行老三，他小叔为老四，小叔年轻时被招了上门女婿，后来又回来了，无儿无女，弟兄俩就守了这么一个儿子。而耀辉叔他大伯二伯年轻时就得病死了，耀辉叔他爷伤心透了，要知道他们可是他爷最得力的两个孩子，中年丧子，怎能不伤心！听说，因为伤心，那年一山庄黄灿灿的麦子老人家都没心思收割，眼睁睁看着落到地里。在耀辉叔他爷那一辈，因为老人家辛勤劳作，善于经营，所以家道殷实，家里盖了几间大房，在当时的樊家河村那是屈指可数、寥寥无几的，人称"大房间"。后来到耀辉叔他父亲这一辈，家道慢慢衰落，兄弟俩常年生活在山庄——水南山，过着日出而作、日落而息的生活。下地干活，幼小的耀辉叔跟着他们；歇息回家，耀辉叔也尾随着他们。久而久之，"尾巴"就代替了耀辉叔的名字，可见长辈对孩子的疼爱！

这是长辈温柔的一面，长辈严厉的一面令人感叹不已。耀辉叔小的时候，家里粮食短缺，主食是玉米糁子，因为常年吃这东西，一看见它，就泛酸水。有一次，耀辉叔给碗里放盐时被父亲看见了，父亲骂他："你就造孽极了，吃个糁子还放盐！"说着一烟锅头抡过去，耀辉叔顿时头破血流。今天看来，做父亲的有点儿狠，但是盐对 20 世纪 50 年代初的一个家庭来说，可是宝贵的日用品，一个人只有吃面时放一点儿，其余的饮食放盐就被认为是浪费。可见那时生活的艰难。

　　耀辉叔自小就很乖巧，这和他从小失去母亲有很大的关系。在他正需要母爱滋润时，母亲就去世了，从此他和他唯一的妹妹就生活在了这么一个单亲家庭。父亲为了一家人的生活，常年奔波在外，和孩子交流的机会少之又少。孤僻、乖巧的性格就是在这样的环境中形成的。有一年耀辉叔上小学，他自豪地把父亲给他买的新草帽拿到了学校，准备给人夸耀，谁知一个淘气的同学把他的新帽子抢去用刀划破了。可以想象，在那个年月，一顶新帽子是多么宝贵的礼物啊！耀辉叔拿着破损的帽子，一个人坐在墙角哭，委屈极了，没有诉说的亲人。

　　日子就这么一天一天过着，不久耀辉叔上初中了，个子长高了不少，在家里也算一个劳动力。在假期里他也没闲着，和大人一起，担着柴火，到几十里外的临平去卖。后来因为有文化，耀辉叔在生产队里当过仓库管理员，记过工分，当过会计。20 世纪 80 年代，农村实行联产承包责任制后，耀辉叔要养活五个孩子，他的生活呈现出另外一番样子。记得有一年，耀辉叔和村里几个人去礼泉给人打短工，60 公里的路程是步行去的，就为了节省那两三块钱的班车费。一天工钱七元钱，他舍不得租房去住，晚上就睡在荒野的砖窑里。

人生三件宝

　　烟锅、镢头、架子车，是成家立业后的耀辉叔须臾不

离身的"三件宝"。

烟锅，是耀辉叔的解乏药，麻醉剂，聊以自慰的伙伴。耀辉叔的烟锅与别人的没有什么两样，烟杆是那种20厘米左右长的普通烟杆，前面安一个烟锅，后面是一个石头或者玻璃烟嘴，杆上吊一个烟袋，里面装满了自家种植的旱烟。耀辉叔通常是在去劳动的路上，或者是劳动的间隙，抽一锅旱烟。农村单干以后，农民的农活是很繁重的。在我们这儿的山区，大部分的坡地无法用牛去耕种，只能用人力一镢头一镢头去挖。经常是太阳都半竿子高了，有一个人还在半山腰挥舞着镢头，那一定是耀辉叔。时间一分分一秒秒过去了，大片大片的干土变成了湿土，这都是耀辉叔一镢头一镢头挖的成果。累了，把镢头往地上一扎，坐在上面，随后从脖领间拔出烟锅，把烟锅塞进烟袋里，一阵揉搓，再抽出来，已是满满一锅烟。划一根火柴，吧嗒吧嗒吸起来，青灰色的烟雾徐徐升起。过了一把瘾，解了一阵乏，约莫10分钟的样子，起身，把烟锅在鞋底磕磕，卷起旱烟袋，插在领口里，就又挖地了。

有时候，一个人在山沟里，想起一大家子生活的艰难，心里烦闷极了，这时抽抽烟，就又把一切都忘记了。有时候大山里孤孤单单就耀辉叔一个人，挺寂寞的，抽一锅烟，嘴巴发出吧嗒吧嗒声，像是和烟锅交流。

从前的烟锅抽到现在。以前是因为生活不好，买不起纸烟，即使有，也是为客人准备的。现在生活好了，逢年过节孩子买了好多条纸烟，耀辉叔还拿着烟锅，是不习惯抽纸烟。

　　镬头是耀辉叔第二件宝。牛不能耕种的土地，就是靠耀辉叔这把镬头一镬头一镬头挖出来的。这种土地少说也有五六亩。按一晌挖二分地算，两晌才挖四分，五六亩地挖完就要花去 10 多天时间，就算还有其他人参与也要好多天。三伏天，土地至少要翻一遍。农村人的讲究，这时的土地耕一遍，让夏天的太阳晒晒，来年小麦长势好，这是一遍。秋天播种时，先把种子撒在夏天挖过的土地上，再下来还要把土地挖一遍，不过这次比前一次浅一点儿罢了，这是第二遍。所以，耀辉叔的镬头一年要挖两遍地，这是他的镬头的一大用途。

　　耀辉叔镬头的第二大用途就是挖药。在我 10 多岁或者更小一点儿的时候，在春天来临之际，山坡上刚刚蒙上了一层绿色，便常常见到耀辉叔扛着镬头，背着布袋，挎着篓，一个人向山坡走去。挖药时，黄风、柴胡是耀辉叔的首选，因为它们容易辨认，价格也高。在山旮旯、在半山腰、在山脊总能见到耀辉叔挥舞镬头的身影。在陡峭处，为防止篓滚落山下，耀辉叔通常把篓放在平缓处，背着袋子挖药，挖满了一袋，把药倒进篓里，再去挖。我见过耀辉叔满载而归的情景，他的篓总是满满的，肩上还背着鼓鼓的一袋药材。他挖的药个头都很大：乳白色的黄风有手指般粗，长达五六十厘米；朱红色的柴胡直挺挺的，有筷子般粗细。走过街道，路过的村民无不发出啧啧的赞叹声。这时，耀辉叔什么也不说，脸上只是堆满笑容。

耀辉叔

天气好的春日，在耀辉叔家的门前总能看见晾晒着的白黄风、朱红色的柴胡。

就是凭着这一把挖药的镢头，耀辉叔支撑着一大家子的日常开销、五个孩子的学费。记得耀辉叔的大儿子那时上了五年高中（补习了两年），大部分的学费都是耀辉叔一镢头一镢头挖药换来的。

耀辉叔镢头的第三大用途就是用它挖柴。二十世纪八九十年代的农村，做饭、烧炕的燃料都是从山里打来的柴火。所以，耀辉叔的镢头在冬天也没闲着。一个七八口人的家庭用柴量是很大的，特别是在冬天，烧炕、烧热水、做饭用量极大。早早地吃过早饭，耀辉叔就上路了。不大一会儿，只见他不是背着一大捆有刺的荆棘回来，就是一大捆带根的野生枸树回来。一年年总能发现耀辉叔的房前屋后堆满着硬柴垛，走进院子，总能看见一个个码放整齐的劈好的碎硬柴垛。

架子车是耀辉叔用来运输各种农业用品的工具。即使在几乎家家农户都有农用车的现在，耀辉叔一如既往地还拉着他那辆经过岁月洗礼的架子车。

那时的土地很少施用化肥，几乎全部是农家肥——养猪、养牛、养羊积攒的粪。冬天寒冷的早晨，当天地间还是一片夜幕，人们还钻在被窝里的时候，耀辉叔家门前的粪堆旁已出现了人影。先是镢头挖粪的腾腾声，接着是用锨盛粪的嚓嚓声，然后是架子车运行的吱吱声。等别人起了床，耀辉叔已经给地里拉了四五车粪。冬天给小麦施农家肥，这是一茬，秋播玉米前又是一茬。一年地里施的两茬农家肥都是耀辉叔一架子车一架子车用人力拉到地里的，没有一丁点儿机械的参与。

　　一年的夏收是架子车最忙碌的时候。耀辉叔早早地起来，先割倒一片小麦，趁其他人继续收割时，耀辉叔则打捆小麦，装车，驾起车辕，用尽全身力气，拉着满满一车小麦向打谷场运送。一趟又一趟，累得人汗流浃背，但耀辉叔一声不吭。就近的麦田还好说，最艰难的是坡地。夏收坡地小麦，全家人早晨吃过饭，并准备好一天的吃喝，早早就出发了。通往山坡地的路又遥远又陡峭，近的五六里，远的十多里，耀辉叔弓着背，拉着空架子车，一步步向前蹒跚，就像江河中拉船的纤夫。下坡时更难，承载着一架子车的小麦，耀辉叔在前面扛着车辕，几个孩子在后面倒拽着车子，才徐徐下坡。

　　小麦碾打完毕，一袋袋粮食，大大的麦草垛，耀辉叔就是用架子车一车一车拉回家的。秋收的玉米棒、玉米秸，不用说，又是耀辉叔驾驶着车辕，孩子们在后面推着拉回家。

　　冬天上山打柴，时常也拉着架子车。早晨出去架子车是空空的，傍晚回来是满满的。

　　猪出栏上集市去卖，用的是架子车，拉麦磨面用的也是架子车。架子车和耀辉叔形影不离。

节俭成习

如果说耀辉叔的勤劳是与生俱来的，那么他的节俭就是从小就有的。

耀辉叔从年轻到老年抽的烟，绝大多数是自家种的旱烟，或者用烟锅抽，或者用废纸卷成烟卷抽，很少见他抽现成的纸烟。纸烟很少买，即使有，也是为客人准备的。

耀辉叔的另一个节俭就是穿衣。春、夏、秋三季他总穿着一件蓝尼卡布衫，冬天一件黑色棉袄；脚上永远是一双布鞋，冬天是棉的，其他季节是单的。这些东西在他的身上是名副其实的"物尽其用"。干活时，衣服被荆棘挂烂了，不舍得扔，自己动手补一补，又接着穿。烂了又补，补了再穿，缝缝补补，结果是补丁摞补丁。到耀辉叔进入晚年的时候，今天大女儿来了，明天二女儿来了，给他买了不少衣服，他就是不穿，很长一段时间过去了，新衣服原封不动还放在那里。

小时候，家里穷，艰苦日子过惯了，到老了改不掉了。话又说回来，他不愿意改，他按照自己的方式生活着，觉得这样挺好。

孤寂成性

出身决定性格，从小生活在一个贫穷的单亲家庭，加上父亲暴躁的脾气和生活的重担，使耀辉叔从小就形成了那种乖巧和孤僻的性格。

在我的记忆里，耀辉叔永远是孤独的。一个人孤独地抽烟、孤独地挖药、孤独地拉着架子车。在冬天闲暇时，没见过他和其他的老汉晒暖暖；过年的热闹里，没见过他扎堆天南海北与人聊天，更不用说和人打麻将、玩纸牌了。他永远是一个人，你说他孤独吗？他孤独。孤独时，他与大山为伴，与烟锅、镢头、架子车为伴。他也有朋友，但不是酒肉朋友，他的朋友是一些同样生活艰难的人。他和他们说话很投机，有共同的语言，他们懂他，也敬重他。耀辉叔是一个文化人，一有空闲时间，他就拿起孩子们用过的课本或者旧报纸认真地阅读，因此，许多人生哲理、文化常识、植物知识他都知道。聊起天来，朋友们都对他刮目相看。

如今耀辉叔 70 多岁了，依然辛劳不止，依然穿着朴素，特立独行。

耀辉叔

徜徉后沟

槐山以 40 万亩槐林而著名，值得永寿人引以为豪。其实，在永寿，洋槐树随处可见，它是极其普通的一个树种，排不到名贵树种的行列。就在这漫山遍野的洋槐林的后面，有一个别开生面的地方——后沟。

驱车去槐山常宁的路上，有一个标示牌——安定寺，指向北面的一个槐树林。穿过这片林子就到达一个沟边，沿着一条石子路往山下走，就到了后沟的安定寺。深山隐古刹，安定寺就掩映在群山之中。2016 年 10 月 15 日，天气晴朗，我和一位要好的同学前来这里拜访。寺庙的神奇自不必说，我们被大自然的神奇吸引了。

顺着寺庙的一条小路继续往沟底走，一会儿你就能听见流水的潺潺声，泉水的叮咚声。不远处，我们发现了一个石雕的龙头，龙口大张着，一汪泉水从龙嘴里缓缓流出，晶莹剔透。我的那位同学喜出望外，顾不得什么，直奔向那眼泉水，蹲下来，虔诚地掬起一汪泉水，就往嘴里送，

"凉凉的，甜甜的！这个地方竟然还有这么好的泉水！"一直以来就喜欢水的同学笑着，又用手掬了一掬一饮而尽，同时撩起一掬向我洒来，接着肆意地大笑起来。说时迟那时快，我赶忙掏出手机，按下快门，留下了这精彩的瞬间——缓缓流淌的泉水、灿烂的笑容、撩起的一串串水珠，在灿烂的夕阳下清晰可辨。

我们继续往前走，来到了沟底。眼前豁然开朗，一个硕大的生态养鸡场展现在我们眼前，蓝色屋顶的活动板房一览无余，老远就能听见鸡鸭鹅正在吟唱。近处是一片开阔地，一条石子路从中间穿过，把一个本来完整的湖泊分成了两半，北面形成了一个小湖泊，数十只鹅在小湖泊里游来游去，悠闲自得。我那位同学，紧跟其后，跟着鹅亦步亦趋去，嘴里不住地感叹："如果像鹅那样该多好啊，无忧无虑，自由自在……"

路的南面又是一个湖泊。这两个湖泊都是半山腰那个龙嘴里吐出的泉水汇集而成的。这个湖泊依山而成，一亩见方，湖中芦苇依依，水草摇曳，游鱼徜徉其间，怡然自得，湖水晶莹剔透。湖边有一个原木搭建的台阶，直通到水边。来到这个仙境一般的地方谁都会不由自主地驻足观赏，我们也不例外，停下了脚步，缓缓屈身坐在槐木台阶上。抬眼向对面望去，云杉、银杏、塔松，这儿一簇，那儿一簇，彼此交叉着，高低有序地簇拥着、排列着、点缀着整个南坡。深秋10月，大自然不光有绿的色彩，那样未免太单调了，所以她就向人们呈现出墨绿的、橙色的、金

黄的色调。进入秋季，难得一见的好天气，暖暖的夕阳晒在湖面上，微风渐起，波光粼粼，像细碎的钻石在闪耀。再看湖中，夕阳把银杏、云杉、塔松的影子投在湖中，顿时湖水半明半暗，错落有致，美不胜收！沉浸在这美不胜收北国特有的秋景里，我们仿佛置身在画中。此时，我们多想坐上一条小船，相视而坐，轻轻地划开水面，悠悠地摇着桨橹……万籁俱寂，从远处飘过来了一阵歌声："小船儿轻轻，飘荡在水中，迎面吹来了凉爽的风……"我们仿佛回到了童年，坠入到梦境中……这是一幅真正意义上深秋的景色！这种景色在北欧的原始森林边出现过，在阿尔卑斯山脚下出现过，在日本富士山麓出现过，在俄罗斯的贝尔加湖边出现过……我们小憩着，沉醉了，不忍离去……

返程时我们走的是大道。一路上，山路弯弯，满眼都是一人多高、飘着银白色辫子的狼尾巴草。晚风吹来，狼尾巴草在风中摇曳，一个个弯曲了纤细的身腰。"这景色多美啊，拍一张照吧！"同学感叹、央求。掩映在狼尾巴草丛中，若隐若现，我们完全融入到了大自然的怀抱中……

尊　严

　　李向群 30 多岁，是县城高中的一名化学老师。他授课幽默风趣，总能把深奥的化学知识讲得浅显易懂，妙趣横生。以前不爱学化学的学生，听过李老师的课，对化学都产生了兴趣，经常跟在李老师后面问这问那；以前在别的课堂上睡觉的学生，在李老师的化学课上，个个精神抖擞，神情专注。从校园经过，总能听到从李老师的课堂上传来阵阵爽朗的笑声。一传十，十传百，李向群的名声不胫而走，从此在这座县城，没有人不知道高中有一个名叫李向群的年轻人，他的化学教得顶呱呱。于是，在校园里、在街道上，见面问候李老师的人数不胜数，每当这时，李老师总是笑呵呵地点点头。

　　在外面，李老师是一个受人尊敬的人；在家里，面对着自己的儿子，李老师有说不出的苦恼。儿子李爽，12岁，是一名小学六年级的学生。长得牛高马大，和他的年龄有点不相称，性格顽劣，爱打架，整天惹是生非，不是

把这个同学打得鼻青脸肿，就是把那个玩伴揍得嗷嗷直叫。隔三差五有家长找到家里，李老师只好赔礼道歉，给人家孩子看病买药。等打发了来人，李老师怒不可遏，抓住儿子就是一顿毒打。这时的李爽任凭父亲打骂，就是不吭声。事后，远远地站在一边，倔强地抬着头，摆出一副不认输的架势。李老师和老婆打了儿子无数次，骂了无数遍，儿子依然我行我素，没有一点儿悔改的表现。没人的时候，李老师就默默地抽烟，排遣心中无限的惆怅。

李老师和老婆就这么一个儿子。当年李老师师范刚毕业，老父亲就逼着他娶了好友的女儿。这是老父亲在李老师小的时候给定的娃娃亲，今天儿子虽然成了"公家人"，本可以找一个"门当户对"的老婆，但是，老父亲不同意，他非要儿子娶好友的女儿不可，不然他的老脸就没地方搁。无奈，李老师就这样结婚了。起初的别扭、不和谐，随着日子的消磨，小两口的关系有所改善，特别是儿子李爽的出生，让李师母在家庭的地位稳固了许多。李师母是农村出身的，能吃得苦，结婚后她也没闲着，在县城的农贸市场摆了一个摊，卖起菜来。平时李老师上课，老婆卖菜，无暇顾及儿子，久而久之，儿子就野了。

儿子才12岁，就成了这样子，思前想后，两个人觉得都有责任。

一个夏日的午后，吃过午饭，李爽从一排教师宿舍房前经过。微风徐徐，突然，从第二个房子里传出一阵银铃般清脆的声响。李爽不由得驻足，从窗户向里观望，发现一个粉红色的风铃正随风摆动，声音正是从那里发出的。看着风铃上坠着的一个个水晶坠子，李爽心动了，他也好想有这么一件饰品。走在上学的路上，李爽满脑子都是风铃清脆的声响。不久后的一天，天气特别好，第二个房子的主人把李爽一直向往的风铃挂在了门前的晾衣绳上，也许是上面招了灰尘，主人洗了在外边晾晒。夏日炎炎，吃过午饭的人们都在睡午觉，户外空无一人，李爽向四周看了看，轻手轻脚走到风铃前，从绳上把它拿走了……

不几天，李向群从别人嘴里听到第二个房子的主人丢了女儿的生日礼物——风铃。他当时心里就咯噔一下，脸一下子就红了，好像自己偷了人家的东西。回到家，李向群把教本往桌子上一撂，点燃一根烟，久久地站着。他在等儿子李爽放学回来。

正午时分，李爽像平常一样，若无其事地回到家。看见父亲在，他也没有惊讶，喝了一口凉开水，就坐在凳子上，等母亲做饭。

"李爽，你孙叔叔家丢了一个风铃，你知道不？"等待和考虑了好长时间的李向群终于问话了。

"我不知道！"李爽低着头，若无其事地回答。

"你拿没拿人家的东西？要是拿了，就还给人家，爸爸给你买一个！"

李爽看了看父亲咄咄逼人的目光，想到了昔日他那猛烈的拳头，不禁心里一战。

"拿了，在学校里。"听了儿子的话，李向群深深叹息

了一下，沉默了好久。这一次他没有对儿子动手。

那天晚上，李爽手里提着一个塑料袋，里面装着他喜爱的那个风铃，在父亲的陪伴下走进了第二个房子……

第二天，父亲果真给李爽买了一个风铃，崭新崭新的。

第三天，李向群就向县教育局递交了要求调到家乡所在的乡镇学校的申请，理由是父亲年老多病，需要人照顾。

第四天校长把李向群叫到办公室。

"李向群啊，李向群，你怎么能做出这样的荒唐事，别人都是把头削尖往县城学校钻，你倒好，要求调到乡下。有困难就提，马上给你解决。要不再分给你一处大房子，把老人接来。你是名师，是学校的宝贝，怎么能走？"

听了校长的劝说，李向群苦笑了一下，摇了摇头。

第五天教导主任来到李向群的住处，又是一番劝说。李向群没有动心。

那年的下半学期，李向群去了乡下学校。妻子有些不舍，但是一家人，包括李爽，谁都左右不了李向群的决定。

病中情

罗晓明是我高中时最要好的同学之一，高二高三直到高三补习，我们都在一个班。他当时人很瘦小，在人多处不爱说话，但是当和要好的同学、朋友在一起时，他滔滔不绝，说到高兴处，眉飞色舞，用手来回地比画。那时我家里很穷，吃不起学校的灶，一周七天时间主要吃父母亲从家里捎来的锅盔馍，偶尔才吃一次灶。现在我仍然记得，每到夏天的周四和周五，锅盔馍坚硬如铁，而且还发了霉，上面长了苔藓一样的绿斑。就是这样，我还想方设法去吃它。罗晓明一看，二话没说，拎起我的馍袋，拿到他家里，让他妈给我热软了再吃。罗晓明家离学校近，高三复习的那一年，临近高考的那一个月，他干脆让我住在他家里。那一个月，他妈给我俩变着花样改善生活，着实让我解了馋。

1996 年高考后，罗晓明上了一个本科院校，而我进了一个专科院校。大学期间，虽然我们相隔几百公里，但仍

保持着频繁的书信往来。后来他因为品学兼优，进了西安的一所高校当辅导员，而我回到家乡成为一名人民教师。虽如此，我们还是经常电话联系，每到假期节日互相问候，每年他春节回老家，我们都要见面叙谈一番。如果我有事去西安，接待我的一定是他。

2003 年国庆节前夕，一个在西安上班的高中同学告知我，他国庆节要结婚，要我去赴宴。我请了假，国庆节前两天就去了西安。谁知刚一到同学的出租屋，我的肚子竟疼了起来，瞬时疼得我在地上打滚。同学一看我这样一下子慌了手脚，最后在出租屋主人的帮助下，把我送进了医院。医生诊断后说我的疼痛是尿道结石引起的，需马上住院治疗。同学忙帮我办了住院手续，安顿好后，便回去筹备他的婚事了。

几小时后罗晓明知道了我的情况，当天，他一下班就急忙赶到医院。来后顾不得休息，先是一个劲儿地询问我的病情，然后给我端来了开水，最后出去给我买了毛巾、肥皂，同时带来了晚饭。忙了一阵子，我看天色晚了，就催促他回学校。他说："你生病住院，身边怎能没有人照顾！我今晚不回去了，留下来陪你。"一句话说得我心里暖洋洋的，我的眼睛发潮了，一个劲儿推脱说我的病情不碍事，换药、上厕所我一个人能应付。但不管我怎么解释他就是不走，硬要留下来。那天晚上，我们聊了个把小时，他就催促我早点儿休息，自己却端了一把椅子坐在旁边，坐累了就靠在椅背上伸伸懒腰。我看他难受，就让他上床来睡。他怕影响我休息，就是不肯。秋天的天气，虽说在城市里不算怎么冷，但是在夜晚还是有些凉意，半夜里当我睁开眼看罗晓明时，他把外套脱了盖在胸前，头仰着，睡着了。医生叮嘱我多喝水，所以我半夜要不停地上厕所。下床时我尽量轻手轻脚，怕吵醒他，但只要我一有响动，他都会醒来，扶我去厕所，再扶我回床上，然后就又坐到椅子上，将就着睡去了。就这样罗晓明一时醒来一时合眼，迷迷瞪瞪陪了我一夜，第二天早晨帮我洗了脸，买了早餐才回学校了。

尿道里的结石那天晚上就排了出去，第二天下午，我就出院了。真是虚惊一场，来参加同学的婚礼，没帮上什么忙，却给主人添了很大的麻烦，尤其折腾了罗晓明一夜都没睡好。但是从这一件事里，我感觉到了老同学的深情，说实在的，即使亲兄弟也不过如此！

罗晓明，真是我的好兄弟！

采摘葡萄

在超市的橱窗里、在小贩的水果摊上，我们时常会见到红里透黑、水滴滴的葡萄，禁不住它的诱惑，不由自主地就买了几串，谁还想过亲自去葡萄园采摘葡萄！初秋的一天下午，因为酿酒需要几十斤葡萄，我和朋友去了附近的一家葡萄园。

约莫10分钟的时间我们就来到了葡萄园。一个小屋建在葡萄园边上，听见摩托的声响，首先跑出来的是一只纯白色的小狗，见到生人它不停地狂吠。随即从屋里走出了一个瘦小的老头，他吆喝了几声，小狗就停止了叫声，摇着尾巴跑开了。葡萄园主接着和我们打招呼，慈祥的脸上露出欢迎的笑容，从他和朋友寒暄的话语里我知道他们是熟人。在他们聊天的空儿，我向四周看了看，从小屋通向葡萄园的小路两旁栽满了各种各样的花，有鸡冠花、指甲花、月季花，或盆栽或直接长在地上，个个精神抖擞，姹紫嫣红、芳香扑鼻，一时间，人的心情愉悦了许多。不想园主还有这样的雅兴，我真对他刮目相看了。

说明了来意后，主人把我们领到葡萄园，请我们随便摘，要多少摘多少。平生我还是第一次进入葡萄园，心里充满了惊喜。拿起塑料袋和主人借给我们的小剪刀，我开始采摘了。朋友告诉我，酿酒的葡萄要红透的熟葡萄，这样酿出的葡萄酒才会呈现红色。我猫着腰，眼睛睁得大大的，在藤蔓下、在叶子间寻找中意的葡萄。当我发现一串串红彤彤的葡萄时，不时地发出尖叫声，在另一排采摘的朋友冲我这边笑，他可能笑我的大惊小怪。这对他来说是习以为常的，他可能采摘了无数次，但对一个新手那意义就非比寻常了。我一排排寻觅着，像林中探宝，心里充满了好奇，无丝毫的疲惫，不多时我已穿过了好几排葡萄藤。

掂了掂手中葡萄的分量，觉得差不多了，停止了采摘，站在园头，欣赏起葡萄园的景色来。展现在我面前的是20排整齐的葡萄架，全部绿油油的，像20排绿色长廊，整齐有序，像园艺师精心修剪过一般。为防止葡萄架过重难以支撑，主人分别在每一排拉一条齐腰高的长长的铁丝。禁不住这葡萄园的诱惑，我再一次一头扎进地里，重新近距离欣赏一番。这一次才发现葡萄藤全身是黑红色的，藤皮龟裂，像枣树皮一样，触摸上去有凸凹不平之感。就在这样的藤枝上生长着一片片墨绿的叶子，叶片翠而厚。你再看时，这儿一串，那儿一串，绿叶间点缀着玻璃球似的葡萄。有的青翠欲滴，等待着成熟；有的青红搭配，半熟半生；有的整串通红，晶莹剔透。

采摘葡萄

　　看着这一串串葡萄，就像欣赏一件件艺术品，我有些驻足不前了。一树树、一株株都承载着这一串串丰收的果实，使人不得不佩服这看似"枯藤"的葡萄藤旺盛的生命力。它像一位身体羸弱的智者，虽然其貌不扬，但是他把精神的能量发挥到极致。老人告诉我，葡萄藤不喜水，它在贫瘠的土地上能生长二三十年。顿时，我对葡萄藤肃然起敬起来。葡萄藤不可谓不"丑陋"，但是它结出的果实是那么饱满！吮吸一口，柔韧而爽滑，酸酸的、甜甜的，沁人心脾！

爱

四五岁时，你们一块儿玩

你总爱把家里好吃的拿给她

你总爱牵着她的手跑来跑去

吃过午饭，还没等大人收拾停当，你已站在门口痴痴地等着

她被欺负了，你总是第一个冲过去打抱不平

有一天，你悄悄地对妈妈说："长大了我要让她当我的媳妇！"

后来你们上学了

每天早晨，第一个到她家里的访客就是你

数学课上，你俩做小动作遭到了老师的狠批

看见她和别的小伙伴玩，你生气了

中午她没回家在教室里做作业，你买了饼子和奶茶偷偷地放进了她的抽屉

又有一天，你写了一封情书小心翼翼地夹在了她的

书里

"高三了，我们共同努力，争取考进同一所大学！"红着脸，含着笑，她看着你

接着你们都上了大学

手挽着手，旁若无人进出于大学校门

一日三餐前，在同一个地方你等着她

春日的午后、夏日的早晨，你们徜徉在校园的林荫大道

工作了，周末、假期你们一同去郊游，一同回家

你们在同一个城市工作

租了一个两居室的公寓

下班后你刚一回家，饭桌上已经摆好了热腾腾的饭菜

"今天是你的生日，许个愿吧！"你双手捧着她的脸，幸福地央求着

结婚照上的你们笑得那么甜蜜

怀孕四个月了，你抚摸着她鼓起的肚子，她依偎在你怀里："给孩子起个什么名字好呢？"

再后来，你们四十多岁了

早晨她硬拽起你去跑步

你脱下的脏衣服她总是洗干净，晾干，熨平

一个多月没回老家了，她买好礼物让你回家去看看老娘

你为晋升发愁，她开导你："想开点儿，尽力就行！"

下雨了，她手里拿着雨伞，静静地站在你公司门口

公司的阿英发来消息："刘主任，我爱你！"

一天夜里，她深情地告诉你："我要是阿英该多好！"

再后来，你们的头发慢慢变白了，步履蹒跚了

在医院里，她一勺一勺给你喂着鸡汤

在家里，她一遍一遍给你按摩着发麻的双腿

冬天的午后、夏天的清晨，她总是搀扶着你，在公园里转了一圈又一圈

要走了，她微笑着，结结巴巴地说："老刘，我走后，你找个老伴吧！"

你紧紧握着她的手，泪眼婆娑地说："你去，我不独生！"

爱

编篓人

20年前的农村，经常来一些外地手艺人，我的家乡也不例外。这些人干啥的都有，有擀毡的，编芦苇席的，务瓜的，烧窑的。为了谋生，他们远走他乡，用这些手艺走街串巷，混口饭吃。在我童年的记忆里，有一位编篓师傅给我的印象特别深。

那是一个夏天的午后，太阳火辣辣地炙烤着大地，知了在树上撒欢地嘶鸣。忙了一上午的人们，吃过午饭，正在午睡，就听见屋外响起了吆喝声："打篓，谁家打篓？"正在喂牛的父亲听见有打篓的人来了，急忙喊道："老汉叔，你等一下，我家打篓！"那人看见生意来了，就停了下来，放下担子，在我家门前铺开了阵势。我觉得好奇，就蹲在师傅跟前看稀奇。

老师傅不愧是走南闯北的老艺人，只见他利索地放下担子，噜噜噜，三下五除二，把打篓的刀具从筐里一一取出，摆在地上，然后叮嘱父亲把家里的废扫帚拿来。接着他麻利地解开捆绑的绳索，把组成扫帚的竹竿头朝外码放好，拿起篾刀，从竹竿头开始，清理起每根竹竿上的节疤和小枝杈来。他一手拿刀，一手拿竹竿，竹竿在他手里不停地向前移动，他另一只手上的刀在竹竿上快速地滑行，刀锋所到之处，节疤、小枝杈纷纷落地。老师傅动作之娴熟令人眼花缭乱，就像看变戏法一样。不一会儿，地面上就出现了一堆竹屑，再看他的旁边已摞起了一堆削干净的竹竿。其间，我细细端详了老师傅一番。他50多岁，矮矮的个子，背驼得严重，黝黑的脸庞布满了沟壑般的皱纹，一双短粗的手，像树皮，满是裂纹，几个手指上还贴着胶布。老师傅喝了一口水，擦了一把汗，就开始划篾了。这次师傅从竹竿的底部开刀，只见他歪着身子，一使劲，再把刀向外一歪，刀就进入了竹竿，然后沿着这个刀口直达竹竿的顶端。只要篾刀一进入竹竿，就像汽车上了正路，平稳了，安全了，师傅再不用看刀，就一边和我们闲聊一边划篾，其间只听到吱吱的声音。划完，师傅给篾上洒水，来软化竹篾，增强它的韧性，防止在编制的过程中把篾折断。这下老师傅可以喘一口气了。他脱掉身上的粗布衣衫，拿出一杆烟锅，抽了起来。顿时，我和父亲忘记了和师傅攀谈，盯着他的光膀子看。他的身上有一道像麻绳勒过留下的痕纹，很宽很深，从肚脐眼一直延伸到脖子，红红的，看起来怪瘆人的，我不禁打了一个寒战。老师傅看出了我和父亲的困惑，从嘴里退出烟锅，笑道："还有呢！"说着挽起裤腿，两条腿上是同样的痕纹。看着我们疑惑的样子，

编篾人

老师傅在鞋帮子上磕了磕烟灰，给我们讲起了它的由来：

五年前的一个夏天，也是中午时分，太阳像火球般炙烤着大地，晒得人无处藏身，但是秦岭山里松林密布，竹林散落，形成了很多阴凉，便不觉得那么酷热。老师傅和同村几个编篓师傅趁午睡时间来到了山林里砍竹子。一进山他们就分开了，你到这儿砍，我到那里砍。说来这山上的竹子可真不少，一会儿工夫师傅就砍了两捆。歇了歇，准备吆喝同伴回家。正在这时，他看见不远处的树上挂满了红艳艳的杏果，老师傅喜出望外，跑到杏树前，爬了上去，一个劲儿地开始摘杏，一边摘，一边往嘴里送，忘记了周围的一切。就在这时由远而近，传来沙沙沙沙的声音，所过之处一溜草丛由远及近不停地摇摆，声音越来越大，直达杏树下。突然间，一条乌黑发亮、镢头把般粗壮的蛇尾从这棵杏树根部冒了出来，旋即缠住了树干，不断地向上倒旋，速度越来越快，不久就到达了老师傅的腿上。那条蛇还没有停下来，连同师傅的腿都缠住，继续向上倒旋，很快蛇尾到达了师傅的鼻子前。只见这条蛇翘起它的尾巴，轻轻在老师傅的鼻子上敲了敲，鼻血就流了出来，鲜血顺着蛇的身体往下淌，直接流到挂在下面的蛇的嘴里。鲜血像一条汩汩流淌的小溪，这条蛇像一个几天没见一滴水的渴汉，贪婪地吮吸着咸咸的人的血液。尽情享受着野果的老师傅，起初全然不知，等他醒悟过来，就使劲地喊。但是晚了，蛇紧紧地捆着他的身体，紧箍着，越来越紧，加上失血越来越多，他的喊声渐次虚弱，以至于到后来喊不出声。最后因失血过多，可怜的老师傅从树上掉了下来，蛇被重重地压在了身下。等砍竹子的同伴寻到他时，他已经在树下躺了两个小时，蛇还缠在他身上，可惜已经死了。同伴们赶紧制作了一个简易担架，匆匆送他到达山下的医疗站……

"贪婪的东西总没有好下场，那蛇贪喝我的血，想要我的命，没想到我把它压死了。多亏了那几个兄弟，是他们救了我的命!"

抽了一锅烟，讲了一个故事，老师傅试了试洒了水的篾子，觉得正好，向我们又是嘿嘿一笑，就开始编篓了。

不会忘记你

一

接到袁行遇难的消息，李爱先是一愣，后久久地站在原地一动不动，倏然，豆大的泪珠顺着脸颊滚落了下来。突然，李爱哇的一声哭了出来，然后冲进房间，扑倒在床上，声嘶力竭地号啕大哭起来，整个身体抽动个不停……连续数日，李爱紧关房门，茶饭不思。这时母亲急了，奶奶急了，不停地敲着门："爱爱，人死不能复生，想开点儿，别伤了身子……"终于有一天，李爱打开房门，头发凌乱不堪，眼睛红肿红肿的。见到奶奶，扑倒在老人家的怀里，又是一阵抽泣。"乖孙女，别太伤心了！"老人家安慰着李爱，自己也流下了眼泪。"去你爸那儿散散心吧，别整天待在房里，会憋出病的！"

第二天李爱坐上班车，前往父亲那儿。李爱的父亲是一名气象员，在离家 200 公里的一个大山里的气象站工作。那儿远离闹市，十分清静。因为距离远，李爱的父亲常年不能回家，只在公共假期回来，小住几天就又匆匆离去。

　　坐了一天的班车，李爱黄昏时分到达了气象站。看到女儿憔悴的面容，父亲猜女儿一定有什么伤心事，一过问，果不其然，父亲也很伤心。接下来父亲给女儿收拾了一个房间，每天三顿饭按时给女儿端来。有时为了给李爱改善改善生活，父亲会亲自下厨。父亲的心情可以理解，但是李爱哪里吃得下呢！她每天只吃一点点，饭后帮助父亲收拾完碗筷、厨具后就上床静静地躺着，一句话也不说。时间过得真快，不觉一个月就过去了，这段时间李爱的身体消瘦了许多。一个晴朗的早晨，李爱坐上了回家的班车。当班车徐徐开动时，坐在车里的李爱哭了，站在车旁的父亲也流泪了……

不会忘记你

二

　　李爱的家在县高中的对面，过一条马路就到了，很近
的，每天的三顿饭她都在家里吃。2001年秋，李爱成了高
中生，在县高中的高一三班就读。上高中时李爱已经是一
个十六七岁的大姑娘了。她一米六零的个子，眼睛不算小，
不是双眼皮，鼻子挺秀气，有一口洁白的牙齿，和熟人聊
起来发出咯咯的笑声，洁白的牙齿就露了出来。她的头发
很特别，不是长辫子，不是披肩发，是那种齐耳短发。李
爱的着装普通极了：布鞋，有时是运动鞋。衣服和其他同
学没有两样，有一点，总是很平展，干干净净的，没有一
点儿污迹，人们冷不丁看过去还以为是一个男生呢！其实
李爱是一个腼腆的女孩，她从不和陌生人搭话，和生人一
说话就脸红，进入高一年级更是如此。李爱被安排在第五

排，同桌是一个男生，名叫袁行，来自乡下。他人长得很白净，中等身材，条形脸，棱角分明，眼睛大大的，尖尖的嘴巴，鼻子翘起，十足一个"奶油小生"。"你好，我叫袁行！"开学第一天，袁行微笑着和李爱打招呼。一个陌生人冷不防的一声招呼令李爱手足无措，脸唰一下就红了。"你……好！"她回应道，说完怀里像揣着个小鹿，突突跳个不停。

　　成同桌了，俩人慢慢地稔熟了起来。每次见面，都相视一笑，李爱还是有点儿紧张。一次轮他俩值日，李爱特别地记在心里，心想一定要起来早早的，赶在他前面。谁知等她急急忙忙赶到教室，袁行已经把教室打扫完了，桌凳摆得整整齐齐。"你不用来这么早的，我住校，离教室近，一个人就扫了！"袁行看见李爱匆忙地来到教室，关切地说道。李爱又一次脸红了。

　　袁行什么都好，就是不爱念书，课堂上总是趴在桌子上睡觉。特别是英语课，一听到老师叽里呱啦地讲英语，袁行的上眼皮就开始和下眼皮打架，不一会儿就趴在桌子上，呼呼大睡起来。旁边的李爱不时地转过头去看他，自己都有些不能专心听讲了。李爱终于忍不住了，伸出了手，在他的肩膀轻轻地敲了几下："喂，英语老师瞅你呢！"袁行一听这话，腰倏地直了起来，一看老师还如痴如醉地讲着，向李爱做了一个鬼脸，就又倒下身子睡去了。

三

春去夏来，秋去冬至，李爱和袁行升入了高二，他们成了最要好的朋友。平日里，他们去县运动场散步，周末，他们去野外游玩。李爱家离学校近，经常邀请袁行去她家玩。一天下午，李爱领着袁行又去她家了。刚走入巷子里，邻居孙大妈就笑着问："李爱，这孩子长得真乖，是不是你女婿？"这一问可把李爱害羞死了，她急忙辩解道："大妈，你想哪儿去了，他是我同学！"在一边的袁行也是一阵尴尬，白皙的脸上一片绯红……

那时，李爱的弟弟还小，五六岁的年纪，他是很爱他这位大姐的。只要姐姐一放学回家，他就跟在姐姐的屁股后面，姐走到哪里他就跟到哪里。这天看见姐姐又带来上次见过的袁行，小家伙高兴地笑了，一个劲儿地叫："袁哥哥又来了！带我玩去！"说着向他俩跑过来。袁行和李爱分别牵着小弟的两只小手，向村外走去。不一会儿就来到一个土丘上，小弟坐在中间，他俩坐在两旁。俩人的脸上是平静而略显羞涩的表情，小弟则笑得合不拢嘴……

四

袁行虽然在学习上一塌糊涂，但是他特别喜欢运动，体育成绩尤其出色。跳高、跳远、跑步、羽毛球、网球样样精通，在学校举办的运动会上总能发现他矫健的身影，在领奖台上总能看见他灿烂的笑容。白色背心，蓝色短裤，白色运动鞋，白色袜子，永远是他在运动场上的装扮。每次比赛时，李爱必到，拿着袁行脱下来的外套，给他提着一瓶水，她确实成了袁行忠实的粉丝。真的是爱屋及乌，喜欢这个人，连他的运动也喜欢。其实袁行最擅长的是打篮球。他虽然个头不高，但是身手敏捷，动作灵巧，常常令对手防不胜防。一天，学校又举行运动会了，在不大的篮球场上围着里三层外三层的观众，正在观看高二一班和高二三班比赛。李爱当然身在观众的行列，因为袁行正在赛场上拼杀。你看一个个头不高，穿着白色背心、蓝色短裤的小伙子猫着腰，眼睛紧紧盯着拦截他的队员，左冲右突，动作娴熟地运着球，忽地从一个高个子的腋下溜过，忽地从另一个虎背熊腰的对手身后掠过，像一阵旋风抵达篮环下，轻轻一跃，球进了。"好球！"人群中爆发出欢呼声，伴随着鼓掌声。听到观众的赞许声，李爱的心里美滋滋的。"李爱，你男朋友不仅人长得帅，球还打得这么好！"站在李爱旁边的一个女同学用自己的肩膀碰了碰李

爱，诡秘地说道。这次李爱没有反驳，脸上满是灿烂的笑容。中场休息了，李爱举起水杯给袁行晃了晃，袁行会意走了过来，李爱立即把已拧开盖子的水杯递了过去。袁行刚一喝完，李爱又把毛巾递了过去。要是旁边没人的话，李爱就亲自给袁行喂水和擦汗了。

五

时间过得真快，一眨眼已到了高三。同学们都投入到了紧张的复习之中，争取将来有一个好的成绩。文化课差的同学这时候就像热锅上的蚂蚁，坐卧不宁，拿起这个课本不会做，放下，又拿起另一个课本，还是不会做，万分着急。袁行也一样，他想过报考体校，但文化课太差，报考体校是没指望的。正在这时，玉门油田来县高中招石油工人。袁行喜出望外，跑着去把这一喜讯告诉了李爱。李爱一听，当然高兴啊，她为男友袁行兴奋，一激动竟然拥抱了袁行一下，袁行顺势在李爱的脸上轻轻地亲了一下。两人的脸霎时就红了……

招聘单位特别注重学生的身体素质，不用说袁行成了他们的首选。接下来袁行做了体检，填了表，就正式被油田录取了。一个月后，袁行打包行李，站在专车前，紧紧拉着李爱的手，久久不愿松开，两人的眼里都噙满了泪水……

那年高考还算幸运，李爱上了一个师范专科学校。袁行常常寄来他的照片，李爱常常发去她的倩影。照片上的袁行站在高大的井架下，安全帽斜戴着，手里握着扳子，脸上这儿一块油污，那儿一块油污，傻傻地笑着，他的身后是广袤的沙漠。照片上的李爱是红白相间的夹克，蓝色的牛仔裤，齐耳短发，微笑着，手伸过头顶，拿捏着树上的叶子，身后是水波激滟的湖泊。

俩人鸿雁传情不断，彼此思念的心情更加急切。

亲爱的李爱：

　　不觉，你我分离已一个多月了。之前心里对工作充满了无限的遐想，想那将是一个无比激动人心的工作：碧蓝的天空万里无云，一群年轻人热火朝天地战天斗地……谁知来这里才知道，情况并不是我们想象的那样。西北风整天呼呼地刮着，人睁不开眼，一晌下来，鼻孔、眉毛上塞满了沙子。这还好说，最让人难以忍受的是孤独，成片成片的沙漠，几天见不到一个人。说起我们的伙食来，那叫一个差。早饭和晚饭都是馒头就咸菜；中午饭吧，基本就是土豆……

　　爱，我想念你！

袁　行

2004 年 10 月 8 日

李爱读着读着，就流泪了。她心疼袁行，随后铺开信纸。

亲爱的袁行：

　　你工作条件的艰苦也是我没有想到的。太苦了！难道要放弃吗？这个工作机会太不容易了。我们都来自农村，有的是力气和坚强的意志。童年的苦都熬过来了，现在我们年轻，再难的苦我们都能忍受。困难是暂时的，过了这个坎你将一路顺风。不是有歌唱道"阳光总在风雨后""爱拼才会赢吗?"……你想我，谁能说我不想你呢！每时每刻都在想。等我一毕业咱们就结婚……

爱你的李爱
2004 年 10 月 20 日

　　李爱是一个节俭的女孩，平时舍不得买衣服，只要衣服没有破损，她是舍不得扔的，洗洗再穿。就连同宿舍的室友都看不下去了，嗔怪地说道："李爱，说来你的父亲也是挣工资的，你咋就那么节俭呢？"每当这时李爱总是微微一笑，没有了下文。可谁能知道李爱的心思呢，她要把平时的零花钱省下来，给远方的男友袁行买点儿东西，男友的工作条件太艰苦了。所以，在随后的书信交往中，李爱都寄一包生活用品给男友，包括防晒霜、衬衫、眼镜……

　　李爱身处大城市，但是她的心却飞到了西北的大漠深处，飞到了男友的身边。她掰指头算着毕业的日子："再过一年半就该毕业了！"想到这些李爱的脸上满是幸福的期待。

结果却传来了噩耗。

李爱最后才知道，男友袁行是在一次打油井时因公牺牲的。一天，他和几个工友在井架下大汗淋漓地干着活，谁知井架顶部的一个铁块掉落了下来，不偏不斜正好砸在他的头上，他还没反应就倒下了。工友们赶紧把他抬上车，在半路上他就不行了，再也没有醒过来。

从父亲工作单位回来后，李爱的身体还没有缓过来，情绪也是反常，甚至更严重了。从此她的话语更少了，一个人时常常发呆，眼泪时不时就流了下来。

第二年的暑假回家，李爱做的第一件事就是来到她和男友曾经去过的那个土丘，面向北方凝视了一会儿。第三年依然如此。第三年的秋季，亲戚给她介绍了一个对象，李爱没怎么见面，五个月后就匆匆结婚了。结婚前一天，李爱又去了那个土丘，凝视着北方好一会儿……

不要动不动就说 "你没有本事"

几天前和一个老同学聊天，他提到现今的一些朋友因自己混得不怎么好，不愿意和混得好的同学来往，感觉自卑。说着说着情绪激动起来："面子是自己给自己争取来的，自己不争气，还怪别人瞧不起自己。这些人真没本事！"

对他的话我惊愕极了，他以前可不是这样的。想当年他在乡镇时，每次来县城我们见面时，他的话语中常流露出对在城里工作的同学羡慕之情。后来他也调到了县城，成了一个部门的中层领导，说话口气完全变了一个样，动不动就说"没本事是自己一手造成的，别怪别人看不起你"。

谁愿意没本事呢！一些人总是那么敢于担当，把机会让给别人。也许当年他也是一个优秀生，只因家里兄弟姐妹多，为了给家里增添劳力，不得不辍学回家种地，日出而作，日落而息。等到弟弟妹妹有出息了，自己也年龄不小了，娶妻生子，又为一家人的生计而奔波。等明白过来想学一门手艺时，年龄又大了，只能靠出卖力气来养家糊口。

没有本事的人没有罪，他们日子过得比你差点儿，是因为能力受限。他们看起来土气一点儿，你就嫌弃他们了。其实他们还不愿意和你交往呢，和你交往，他们也觉得别扭。他们有自己的生活圈子，他们自娱自乐，自得其乐。

写到这儿，我不由得想起了发生在美国的一个故事。一天一个记者采访前总统卡特的母亲："你大儿子很优秀，成美国总统了。听说他有一个弟弟，是干什么的？"这位母亲自豪地指了指窗外："他正在农场里收割土豆呢！"话语之间露出无限的自豪。她并没有因为儿子是农民而感到脸上无光。还有奥巴马，他也是总统，然而他的弟弟只是一个普通的工薪阶层的人，在中国深圳创业，还娶了一个中国姑娘为妻。他们一个是总统，一个是普通人，都有自己的生活和人生，不见得普通人就低人一等。我们不要动不动就指责这些人没有本事，这样说只能显得你太没有涵养，目光太短浅！

上帝创造万物时，都给了他们一个社会角色。农民也好，打工族也好，小贩也好，他们都是用自己勤劳的双手创造生活，他们问心无愧。他们也有自己的天伦之乐：干完农活归来，和孩子肆意地玩耍；下班之后，夫妇俩手牵着手在公园里散步；赶集时，一家人吃一顿热腾腾的饺子……

不要动不动就说"你没有本事"

073

你是腰缠万贯的土豪，你是部门领导，这些又能怎么样呢？不见得你比他们过得快乐。"成功人士"有"成功人士"的烦恼，那些默默无闻的、非"成功人士"自有他们的快乐。你平时表面看起来挺风光，但是你心里苦恼；他们看起来很辛苦，但他们活得单纯，活出了自我。

请不要动不动就说"你没有本事"！

宝鸡赋

陕西重镇，西府名城
文化圣地，旅游之乡
北通甘肃天水，南邻四川盆地
林藏珍禽异兽，地储稀世宝藏
金属王国，植物王国，自然风情之国
小麦之乡，油菜之乡，西府小吃之乡
四季景色不同，长年游人如织

人口 370 万，勤劳淳朴，源远流长
西府方言，独具特色，历史悠久
世界佛都法门寺，气势宏伟，浩浩荡荡
天下奇山太白山，寒险奇秀，葱葱郁郁
毛公鼎，大盂鼎，大克鼎，鼎鼎国宝重器
关桃园，北首岭，福临堡，址址年代久远
红河谷，红游人，红得万人酣畅
天台山，天作美，天下景莫不如此

炎帝故里，人文荟萃，遗址颇多，令世界叫绝

渭水古城，风光秀丽，民俗独特，让游客奔忙

周原遗址，关山牧场，文化与风光齐飞

汤峪温泉，民间手工，山水共民俗一色

金卡"猴"，磨砂"猴"，猴猴誉满陕西

西凤酒，太白酒，酒酒酣畅淋漓

工业基础雄厚，世人皆知

工业门类齐全，无人不晓

民风淳厚，养育百代人杰，运筹帷幄，腾蛟起凤

山河壮丽，引来四海英雄，叱咤风云，倒海翻江

众所周知，周文王纳贤勤政治岐，人称三代之英

天下公认，周武王兴周伐纣灭商，建立西周王朝

秦襄公开创秦国，功垂寰宇，奠定秦国根基

秦穆公唯才是举，名垂青史，开疆辟地千里

班固潜心研思，撰写《汉书》，开创正史地理志之先例

王珪激浊扬清，直言进谏，受封为唐初四大名臣

张载思想先进，奠基关学，影响深远

李达戎马一生，位居总长，世人称道

处处古迹，步步文明，寸寸珠玑，片片辉煌

山秀拔，山山令我陶醉

水充沛，水水发我诗情

西部大开发，陕西经济腾飞

关天经济区，宝鸡明天辉煌

八月十五枣儿红

中秋到了，市面上出现了各式各样的枣。有小而圆的，弹球般大小；有大而圆的，鸡蛋般大小；有长条形的，两厘米左右。这些枣吃在嘴里特甜，一直甜到心里。我特别钟爱那小而圆的枣，在我的童年，我常常见到这种枣，它就长在老屋的院子里。

老屋是 20 世纪 60 年代建造的，父亲早出晚归，奔忙在田间地头，有一年去山庄丰台劳动时父亲挖回了两株枣树苗，栽在老屋的前后院。几年后两棵枣树由原先的手指般粗细长成了锨把般粗，个头由以前一米多长成了三四米高，几乎挨着房檐了。但是它们还是那般的弯曲，像一位驼背的老人永远直不起腰，它们的皮肤是那么粗糙并且龟裂着，但茂盛地生长着。

春天来了，枣枝上发出嫩嫩的绿芽，渐渐地长成绿色的椭圆形小叶子，再不多时开出星星般的小黄花，极不起眼，不小心就会忽略。慢慢地，花落了，树枝上长出米粒

般大小的枣粒。一天天长大，变成珠子般大小，最后变成弹球般大小，挂满了枝头，特别引人注意。忙碌了一天的父母亲回家，洗完脸，坐在房台上休息，抬头一望，不由得发出感叹声："今年的枣真繁！"顿时，他们疲惫的脸上露出了笑容。其实枝头的青枣我们这些娃娃早就注意到了，已经偷偷爬上树摘过好几次，不过放进嘴里觉得没什么味道。

农历八月十五前，枣红了，红彤彤地挂了一树，像霞帔一般，一家人别提多高兴了。这时候，通常是父亲上树摘枣，我们这些孩子只能站在树下仰望，偶尔给父亲指点，当配角。只见父亲轻盈地上了树，再由我们把竹篾篓和捞钩递给他。他一手挎着篓，一手不停地采摘，时不时地摘一个送进嘴里，咔嚓咔嚓咀嚼起来，惹得我们这些在地上的孩子不停地央求父亲给自己扔几个。"看好——接住！"说着父亲投下了几个。我们这些小孩子怎么能接得住？结果不是砸在鼻子上就是砸在脸上。遇到高一点儿、细小一点儿的树枝，父亲就不得不使用捞钩了。这时候他会轻轻地把树枝拽到跟前，采摘完后，又轻轻地把小树枝复原，生怕折断了它们。不多时，满满的一篓枣就由父亲用捞钩送达到地面，这时候我和姐姐负责把枣倒在箩筐里，再把空篓给父亲传上去。采摘完了前院摘后院，两树枣费时整整一天，才能采摘完毕。

两树枣有五六十斤，我们是一点儿也不卖的。这家送一点儿，那家送一点儿，一轮下来也就所剩无几了。最有意思的是给东边的邻居送枣。我们通常把枣包好，挂在捞钩上，轻轻地送过墙，母亲在一边喊："×××他妈，给你点儿枣，尝尝！"于是东边的邻居高兴地接过枣。没过几天，东边的邻居也喊话了："×××他妈，把我们的石榴给你一些，快过八月十五了，你们尝尝！"说着只见墙头上出现了由捞钩举起的一包石榴，我们高兴地接过来。现在想起，过去的邻居真好，人们有什么好东西，都互相分享，没一点儿吝啬，中间充满着浓浓的乡情。剩下的枣，父母亲总把它们用线串起来，挂在房檐下晾干，以后可以做中药引子。红枣是好东西，它有健脾益胃、补气养血、镇静安神、缓和药性等作用，是上佳的滋补品。

　　枣收获完不久，八月十五到了。当时的农村风俗是八月十五献月亮。所谓献月亮就是把红枣、柿子、苹果、石榴加上母亲做的一个个小圆饼放在盘子里，点燃一炷香，对着初升的月亮献着，约莫一个小时以后大人小孩才能吃。献月亮这个时候是神圣的，母亲说，不能出声说话，怕吵到月亮公公。我们静静地站着，凝视着东方。月亮像一个大大的圆盘从东方徐徐升起，给院子里洒下一片清辉，此时我好像看到了桂树、玉兔和嫦娥，一时也入了迷，忘记了周围的一切。站着站着，肚子咕噜噜叫起来，我便一个劲儿地向木盘上瞅，口水直流。趁姐姐没注意我抓起一个苹果和一个饼子，撒腿就跑。姐姐急了，也顾不了母亲的忠告，一个劲儿地喊："妈妈，妈妈，弟弟偷吃东西……"等他们发现我时，东西已经下肚了。那时候家里穷，买不

起月饼，也不知月饼是什么样，就盼望着母亲做饼。因为八月十五的饼不同于寻常，母亲做得特别认真，给里面加了芝麻、葱花、菜油，吃起来分外香。我一直有一个疑惑：为什么八月十五要献月亮？也许农历八月是个收获的季节，人们忙碌了一年终于有了收成，把各种水果都摆出来给大家都尝尝，一为庆祝，二为感恩。

　　世事变迁，五年前我家从老屋搬到新屋，前后院的枣树也挖掉了，此后再也没看见过那两树霞帔般艳红的枣了。每逢八月十五看见市场上出售各式各样的枣时，我就想起了老屋院子里那弹球般大小的红枣！

惊魂一刻

去年夏天的一个晚上，跟完晚自习大约有 8 点钟的样子，我骑单车驮着五岁大的女儿向家行驶。半路上我下了车，让孩子站在路边，我走进商店。和主人很熟，聊了几句，约五六分钟，我一走出商店就看见孩子两手紧紧地抓住车后座，眼睛死死地盯着坐在离车有三四米远地方的一个人。我顺着孩子的目光望去，那个人乱蓬蓬的头发，上面是星星点点的短麦草，脸满是污垢，分不清男女，但是那双眼睛黑溜溜的，炯炯有神。发现我看他，龇着牙向我傻笑。我没太在意，把孩子抱上车，然后骑车就走了。

就在这时我的孩子哇的一声哭起来，紧紧抱住我的腰，一边不断地向后张望，一边催促我："爸爸，把车子骑快一点儿！"我当时有点儿迷惑，也没有多想，答应着女儿，加快了车速。谁知就在我加速的同时，那个人嗖地从地上站起来，追了上来，嘴里发出呜呜的怪叫。这可把女儿吓坏了，她一边用小手砸我的脊背，一边大声地哀求："爸爸，

把车再骑快点儿，那人来了。"我再次加快速度，那人也加快了步伐，嘴里不断地怪叫着，眼看快追上我的单车了。这时候女儿因为恐惧，哭得更厉害了。我心疼起女儿来了，同时也有点儿生气。停下车，那人也停了下来，远远的站住不走了。我向前走一步，那人就向后退一步，始终不靠近我。我也没办法靠近他，就站得远远的，向他喊话："别再跟了，孩子害怕。回去吧，天黑了。"说完我就又骑上车。这一次，我一上车就加快了速度，谁知他也加快了速度，紧紧地跟在车后面，嘴里吼着怪声。坐在后面的孩子又号叫着催促着我。我已经使出了全身的力气，可是总也甩不掉那人。这一次，我发怒了，停下车子，我手指着那人说："你再吓孩子，我揍你！"我怒目圆睁，远远地瞪着他。一路走走停停，已来到十字路口。从北边下来了几辆车，它们紧挨着，离我只有 50 米的距离。我瞅准机会，让孩子抱紧我，嗖地蹬上车，狠劲地踩了几下踏板，一眨眼工夫就到了路对面。那人到达十字路口时，车一辆接一辆从他身边经过，他没法过来。看见我骑车把他远远地甩在后面，他沿着公路跑上跑下，望着我们，怪叫声一声接着一声，更大了，分外凄惨。

女儿受到的惊吓是深远的。我和女儿都到了家里，她还带着哭腔说："爸爸，把门关紧，我害怕！"我安慰孩子说："不哭，他不知道咱家在哪儿，不会来的。"直到晚上 9 点半，孩子才安静了下来。

女儿睡着了，我怎么也睡不着。那人最后那凄惨的叫声一直在我的头脑里萦绕。他是一个正常人还是一个精神病患者？

永寿、312 国道及大佛寺

在地图上，永寿是一个很不起眼的点，再小不过了，甚至可以被忽略，但是在 2000 多年前的商道中，它是一个必经之地。从西域满载着皮货、香料、锡器的驼队跋涉茫茫戈壁，一路向东南，经过嘉峪关、敦煌、张掖、武威、兰州、平凉、彬县，来到永寿，最后抵达大都会——长安。在这里互市交易后，西域商人牵着满载中原的丝绸、茶叶、布匹的骆驼，一路驼铃，原路返回。在漫漫的商途中，疲惫的商人走走停停，在永寿一定留下过他们的足迹。无独有偶，不久前在和一个熟人的一次闲聊中，说到了永寿的过去，这位年逾花甲的大叔给我讲了一个有趣的故事。他说在他小的时候，永寿县城还很破旧，现在县法院的地方以前是一个大客栈，人来人往，他们经常能看到有少数民族模样的人牵着骆驼在客栈歇息。咱们这里的人很少见到骆驼，看见它就觉得稀奇，很想骑骑。一天晚上，一个妇女趁骆驼主人睡着的时候，悄悄地爬上拴在客栈外面的骆

驼背上。谁想骆驼受惊起身，在高高的骆驼背上这个妇女不敢下来，结果在上面待了整整一宿。从这个故事中，我们不难看出，即使在现代，永寿仍然是这条商道上一个重要的驿站。

从西域到长安的这条商业之路后来被称为"丝绸之路"。那时，甚至以后一个相当长的时期内，丝绸之路是崎岖的、蜿蜒的、难行的。到了近代，特别是中华人民共和国建立以后，中央政府鉴于这条道路的战略意义，才加以拓宽、加固、平整。从西安到兰州这段路，被叫作"西兰公路"。西安和兰州是西北重镇，它们之间有一条不错的公路去连接是势在必行的。时代在变迁，社会在发展，现如今，路越修越好，西兰公路由以前的石子路变成了柏油路。路越修越长，由以前西安到兰州延伸到从上海到新疆伊宁，途经8个省市自治区，全长4967公里，被称为"312国道"。

从永寿县城沿国道向北15公里就到了永寿旧县城所在地——永平。永平北望槐山，西邻312国道，西南面有一山叫"翠屏山"或"虎山"。为什么有这两种称呼？我实地考察了一下，自认为此山位于旧县城的西面，像一个绿色（上面有树，一到夏天一片绿色）屏障，故得名；再者，此山形同老虎，因此叫虎山。在半山腰有一寺，名曰"武陵寺"。此寺有一塔，叫武陵寺塔，是一座宋塔，为八角楼阁式砖塔。武陵寺的历史要早于这座塔。县志这样记载："后魏平阳王熙建，明碧峰禅师居此。"现如今，武陵寺没有了一点儿寺院的踪迹，只是一个四合塔院。站在虎山上，永平的街景、村落和田野尽收眼底，一览无余。因为永平空间狭小。四面环山，取水不便，又因为盗匪猖獗，所以在民国十九年（1930 年）将永寿县治移设监军镇今址。

时过境迁，旧县城的影子已荡然无存，但从 20 世纪 30 年代拍摄的老照片中可以清晰地看出，旧县城是一排排的瓦房，从翠屏山下一直延伸到槐山半山腰，显得破旧不堪。回想旧中国的历史，连年战乱、民生凋敝，多数中国的县城都是这样，更何况永寿地处西北山区，偏僻、闭塞。话又说回来，它毕竟是一个县城，是本地的政治经济文化中心，从丝绸之路上过往的商贾在这里停留过、交易过。如果我们留意一下历史和地理，都会发现，古往今来，凡是河流、交通要道经过的地方都有城镇。永寿就是如此。

沿 312 国道北上，就进入彬县境内。再往前走 10 公里的路程，在公路西侧的半山上就会发现大佛寺。这山叫清凉山，为丹霞地貌的砾岩构造，正适合开凿石窟。清凉山上有大小石窟 107 眼，远远望去像一个个马蜂窝，还有 257 个佛龛，大小造像 1498 尊。我前去参观时，发现被毁坏的不少，相当一部分石像没了头，完美无缺的佛像寥寥无几。这其中就包括镇寺之宝——阿弥陀佛。此佛高 20 米，肩宽 13 米，手长 4.5 米，指长 2 米，是真正的大佛。以前从远处就能看到，在丝绸之路它成了北道的地标，一路风尘仆仆的商旅见到大佛，就知道离长安不远了。1999

年去长武实习的时候，从汽车上我也曾经远远地看见过大佛。但是现在想远眺大佛不行了，为了保护文物，今天的大佛被围了起来，要见到大佛，必须买票进去，站在栏杆外才能见到他的半身。

细心的人士在大佛背光的左下侧发现了刻有"大唐贞观二年十一月十三日造"的字样。专家还发现在大佛身后的光滑表面刻着火焰纹、花卉和卷草纹图案，其中还穿插了众多的飞天伎乐和坐佛形象的浮雕，展现出一派祥和、欢乐的佛国气氛。这些造像风格和题材内容与甘肃敦煌莫高窟文化极为相似，说明它们是一脉相承的，也进一步证明了佛教文化是从印度经河西走廊（丝绸之路的一段）流传到西北再流传到中原。所以说，丝绸之路不但是经济交流之路，更是文化传播之路！

那么大佛寺是为谁而建的呢？据史料记载，大佛寺大规模开凿始于唐初贞观二年，也就是公元 628 年基本建成，是唐太宗李世民为纪念在与薛举、薛仁杲大战中阵亡的将士而建。当年的大战战场就在彬县和长武交界地带的浅水塬。唐太宗所建不止这一处，在长武县还建有昭仁寺。这些行动彰显了唐太宗是一个有情有义的仁义之君，而且，不经意间，也给后人留下了精彩绝伦、风格迥异的文化遗产，供后人去享受、去研究。

历史的车轮滚滚向前，已听不见永寿客栈往昔的喧闹声，驼铃声已经远去，但是丝绸之路变得更加繁忙了，驼铃声变成了汽笛声，丝绸之路变成了 312 国道。为促进经济发展，已建和在建的铁路公路如雨后春笋，福银高速早已运营，西平铁路已经贯通，西银高铁正在勘探。新世纪新举措，"一带一路"建设使中国和世界的联系更加紧密，往昔的丝路将更加繁忙，丝路沿线的城镇将更加繁华！

悼念一只山鸡

一个冬日的午后，心里有点儿烦，叫上朋友，开上车去了一趟山里。冬天大山的色调是灰黄色的，灰黄色的洋槐树、灰黄色的艾草、灰黄色的荆棘。冬天大山的形体是单薄的，没有了野花的装扮，没有了绿叶的衬托，没有了果实的点缀，就那么一个土石构造的躯体，上面覆盖着光秃秃的树木，还有那无数叫不上名字的枯草。

整个山野绝大多数是枯草，密密麻麻的，北风一吹，它们四处招展。那天还算暖和，午后的太阳暖烘烘的，我和朋友行走在山间小径上。走着走着，身上微微出了汗，人也有点儿累了，我建议歇一会儿。就在一个山坳处，我们正准备休息的时候，在野草中，我发现了一只野鸡。它整个身上披着棕黄色的羽毛，头低着卧在那里，像是在休息，又像是在孵卵。我喜出望外，悄悄地接近它，一只手伸过去想抓住它，心里又有一点儿害怕它啄我。但当我颤抖的手碰着它时，那只野鸡一动不动，硬邦邦的，头低着，嘴上有啄食留下的泥土。最后我双手捧起这只山鸡，仔仔细细看了一遍，羽毛完好无损，身上没有伤痕，也没有一滴血迹。

我疑惑起来，好好的，它怎么就死了？

是病死的？这有可能。如今科技的发展的确给人类带来了极大的方便，以前的庄稼，为了除草，人们不得不头顶烈日在地里忙活，年年如此，他们多么渴望有一种药能除草灭虫。天遂人愿，杀虫剂、除草剂应运而生，小麦、玉米、大豆、油菜、棉花、果树，现如今无不用到它们。结果庄稼倒是病虫害少了，但是人类食用了这些喷了农药的农产品，病却多了，动物也难逃一劫。为了填饱肚子，可怜的山鸡时不时地光顾人类的果园、庄稼，结果病倒了。在回家的路上，它走着走着，觉得累了，就躺下来，结果就再没起来。

是吓死的？也不是没有可能。在城市里待腻了的人，利用节假日，开着汽车，拿上猎枪、弹弓向山野进发。你看，山路边不时地会发现停放的汽车、摩托车；你听，树林里、山野间不时地响起嘭嘭的枪响，紧接着就听见噗噜噜鸟儿惊飞的声音。是人类打扰了动物宁静的生活，它们整天生活在惊恐之中，一听到人类的脚步声，受惊的动物就不断地迁徙，成了名副其实的"惊弓之鸟"，那只可怜的山鸡也不例外。还有，就是人类对荒野的开发，大大压缩了动物的生存空间。从此寂静的山野热闹起来了，山鸡们时不时和游客们撞个满怀，它们躲闪不及，惊恐万分，

悼念一只山鸡

疲于奔命，能不死吗？

人类是万物的主宰，为了自身的利益，他们想方设法发展科技，无限制地开采地下的煤、石油、天然气，结果这些资源日益枯竭，空气也给污染了。为了满足日益增加的人口的饮用水和工业用水，人类不断地开采地下水，结果水位下降了。为了发展工业不断地把废水排入江河湖海、地下，结果江河湖海、地下水被污染了。为了防治病虫害大量地使用农药，结果人类自己患病了。人类向山野进发，结果动物减少了。

可怜的山鸡，可能到死都不知道自己因何而死，但就是死了。在一个冬日融融的早晨，死在了觅食的途中；在一个北风吹拂的午后死在了猎人的追赶之中。它的家里可能上有老下有小，生病的父母亲正等待着它照顾，嗷嗷待哺的孩子正盼望着它觅来的食……希望这只死去的山鸡不是所有山鸡命运的开始。如果是这样，等山野都没有了动物，那么灵性的山野将变得荒凉而寂寞，人类也将变得荒凉而寂寞，最后孤独地死去。

冬青里的一窝小狗

　　3 月的一天中午，我上完课没事，在校园里转悠。经过一排冬青时，突然听到一阵阵窸窸窣窣的响动。起初我没太在意，继续往前走，结果那种声音不断地传来，我驻足，往冬青里瞅寻着。在一片稀疏的冬青根部，我终于发现了一窝四五只不断蠕动的小黑狗。它们漆黑的茸毛油光发亮，一个个蠕动着，往彼此的怀里挤，行动中发出咯咯的声音，很显然，它们又冷又饿，在寻取温暖和食物。这毕竟是 3 月的上旬，天气还有点儿冷，人都没有脱去冬装，更不用说几只赤条条的小狗，它们也需要温暖。看到这情景，我有些心疼了，想为这些小东西做些什么。正准备离去，倏地，我发现了在小狗狗周围的地方有馍片，这一定是路过的学生们给扔的。此时我有些欣慰了。看来不止我有怜悯之心，学生们更有。

　　看那馍的样子，一定是哪位学生的早餐。他下早读后，急匆匆地来到饭堂，买了一包酸奶、一个馍饼，来不及坐

在餐桌前享用，在通向教室的路上，一边走一边咬着馍。突然发现了这群小动物，不由多想，忘记了自己还饿着，就把手中的馍给了它们。他凝神看了几眼，微笑着走了。

一窝被遗弃的小狗狗，唤来了学子们的爱怜，这是教育的成功，同时我又为狗主人惋惜。今天，社会经济发展迅速，人们的生活水平提高了，养宠物成了人们休闲、娱乐的一大爱好，有些人养猫，更多的人选择养狗。刚开始主人兴趣很浓，但随着日子的推进，他们发现养狗太麻烦了，不但要给它们张罗狗舍、狗食，狗生病了还要医治。更讨厌的是，狗随处大小便，有些狗还咬人，这太麻烦了，随之他们就讨厌狗，狗最终被遗弃了。一个人有这种想法和做法，千万人都效仿。于是在县城的大街小巷上出现了一道"风景"，一群一群被主人遗弃的各种各样的狗，在头狗的带领下，到处乱窜乱跑，其间伴随着各种狗叫声此起彼伏。在街道上我们随处能碰到病恹恹的、脏兮兮的宠物狗，它们有的会向你投来浑浊哀婉的目光，有的跟着你能跑一段距离，有的在垃圾堆里觅寻食物，有的毙命在车轮之下。这是文明社会下不文明之现象。人们对自己不喜欢之东西，随意丢掉，比如宠物，这是自私的表现。想一想，在生命的危急关头，他可能首先想到的是他自己，其他的都可以抛弃。这是不是国人的劣根性？在外国影片里，我们就很少发现这种现象。外国人很喜欢养宠物，一旦他们经过深思熟虑后养宠物，就会郑重其事，把它们很好地养下去，在任何时候都不会丢弃。有这样一个场景：一个地方发洪水了，主人一家都坐在了车上准备离开，突然女主人发现自己的宠物狗不见了，冒着生命危险，她跳下车冲进了房子去寻狗。狗终于寻到了。等所有人和狗坐上车刚一离开，洪水就吞噬了房屋，好险啊！西方人把宠物狗当成他们生命的一部分，尤其是俄罗斯人，即使他们本人饥肠辘辘，首先想到的也是他们的狗。

　　写到这儿，我又想起了那窝小狗狗和那些有爱心的学子们。第二天，我去学校，有意经过小狗狗的窝。还好，它们还是老样子，一个趴在一个的身上，哼哼唧唧着。不同的是，窝的旁边多了一小杯水，窝的外边用一片纸箱堵着。学生们真细心，他们知道小狗狗很需要水，他们可不想这个地方被环卫工人发现，把狗窝给捣毁了。过了几天，突然下起春雨来，还下得挺大，对庄稼来说再好不过了，小麦正起身，正需要一场透雨。高兴之余，我突然想起冬青丛中那窝小狗，天下雨它们怎么样了？上班的路上，我有意向狗窝的方向走去，还没等我走近，眼前出现了一个情景：狗窝上方的冬青上盖了许多的塑料纸、硬纸片。这等于给小狗狗搭起了一个遮雨棚。在狗窝前面的空地上还增添了一个金属小碗，盛着半碗奶昔，这一定是学生们做的。学生们真细心！想得真周到！那一刻我心里暖暖的，真为学生们骄傲！

　　带着欣慰，我走开了。突然，迎面走来一只二尺多长的纯黑色母狗，它蹒跚着步子，眼睛处有泪痕，尾巴处有一溜凝固物。噢，它一定是分娩不久的狗妈妈。我停下脚

冬青里的一窝小狗

步，目光随着母狗的移动而移动，看它向什么地方走——它果然向小狗狗的窝走去。狗妈妈、狗爸爸被人类遗弃了，但是狗妈妈没有遗弃自己的孩子，徘徊在窝周围，躲避开人类，时不时地来看望、喂养自己的小生命。我有点儿欣喜了，有这么一个不离不弃的狗妈妈的照顾，有这么多有爱心的学生的呵护，虽然生存条件差点儿，这些小狗一定能顺利长大！

冬日的北方山野

北方的山野和南方是不同的。冬天，南方的树木还是郁郁葱葱，而北方树木的叶子已经落了个精光。

冬日里的北方山野，灰色和黄色是它的主打色调。站在大山上，放眼望去，眼前是连绵的群山和纵横的沟壑，清清楚楚地展现在你眼前，像高清晰度数码相机拍摄的画面。画面里大山和沟壑是灰色的，没有一点儿杂色，似中国水墨画。近处的山坡和平地上，是厚厚的、茂盛的草甸，全部都是黄色的。今年冬季不怎么冷，那天午后，阳光格外明媚，北风拂面，感觉不到一丝寒意。我站在山巅，极目远眺，目之所及，山之景物清晰可辨，没有一丝朦胧之感。久居闹市，偶来山野，眼界极其开阔，空气格外清新，顿时，心旷神怡之感油然而生。此时，你觉得自己与大自然融为一体了。

冬日的山野是清瘦的。此时，树木都落光了叶子，瘦了许多，从树的缝隙里你能看见山体，土石结构的山体有

的地方裸露在外面，像一个头发稀疏的人你能看见他的头皮一样，清瘦而真实。不像夏日茂密的树木遮蔽的山体，那么壮实而丰满。冬日里从山上汇集到沟里的水也是清瘦的，没有秋日里水那么丰盈，如果你仔细看会发现山崖下留有水退去的痕迹。水虽然瘦小了，但是清冽无比，蓝蓝的像一面镜子，纯净而深邃，没有任何杂质，没有浑浊之感，只有冰清玉洁之感。人类和大自然正好相反，在冬天，人类穿着厚厚的衣服，把自己包得严严实实，体态臃肿而难以辨认。春天到了，人类又慢慢地减少衣服，显得清瘦了许多，真实了许多。这时候，女孩修长的脖子和修长的腿便会一目了然，我们禁不住赞叹："这个女孩真美，我怎么在冬天没发现！"小伙子露出胳膊上、腿上结实的肌肉，他们从你身旁经过，脚底发出嗵嗵的响声，这时候你不由得赞叹："这个小伙子真壮实！"

冬日的山野又是寂静的。各种植物春暖花开，夏天成长繁荣，秋天结果收获，到了冬天，它们进入到休眠期。这时候，大部分动物都冬眠了，灰熊、蛇不见了踪影，野兔、山鸡、麻雀虽出来觅食，但次数大大减少了。没有了它们的参与，整个山野寂静了许多，徜徉在山间一下午，你难以碰到它们。远远地，我看到了对面半山腰星星点点的白，我以为是早春中傲然挺立的杏花。再仔细一看，原来是一只只移动的绵羊，这令我喜出望外了。

雪花是北方冬天的使者。幸好，在人们的盼望中终于下雪了。雪花飘飘洒洒，下了几天。在城市里你是感觉不到雪的容量的，一到山野，才体会到，什么是银装素裹。雪确实下得不小，放眼望去，草地上、山坡上、沟壑里、山林里、麦田里，人迹罕至的地方都被雪覆盖着，白茫茫一片。附近的雪地上能看见野兔留下的"梅花印"，就是没有发现它们的身影。在这个冰雪世界里，只有我一个人类，此时才真正感觉到什么是万籁俱寂。独身一人，但我并不感到孤单，倒觉得是种享受。"缺少什么，人们就爱什么"，久居城中的人听惯了噪声，来到大自然你感觉不到一丝一毫的嘈杂，寂静会让你觉得无比亲切。

冬日里的北方山野，在过去人们的记忆里是寒冷的、萧瑟的，人们不愿意前往的。但是今天，冬日里的北方山野在人们的心目中是温暖的、俊美的，人们向往的。

懂　你

懂你，是心灵的默契

一个眼神，就知道你快乐与否

一条短信，就知道你心里所想

一次交谈，就知道你志趣所向

一份礼物，就知道你爱不释手

懂你，是心灵的牵挂

要外出了，牵挂你的安全

天要凉了，牵挂你有没有加衣

你生病了，牵挂你的饮食起居

没联系了，牵挂你是否过得好

懂你，就要让你快乐无比

我们去郊游，你玩得无比开心

我们去开车，你由紧张变得兴奋

我们去小聚，你谈得酣畅淋漓
我们去唱歌，你由音盲变成了百灵鸟

懂你，就要鼓励你
贪恋被窝了，鼓励你去晨练
没吃早饭了，鼓励你加强营养
身体消瘦了，鼓励你多吃蔬菜
不思进取了，鼓励你挖掘潜力

懂你，不在于时间的长短，空间的距离
思念你，也是一种享受

发生在大学门口的一件事

去年6月下旬的一天，我和同事带领二十几个学生去西安外院参加英语面试。考试那天，校园里人山人海，在烈日的炙烤下考生们排着长长的队伍，不时要用矿泉水解渴、降温。我把随身携带的两瓶水喝完后，去校外买水，一件意想不到的事情发生了。

校门旁边有一个大型超市，前面是一个十字路口，向东有一条街道。上午11点钟，街道上人来人往，熙熙攘攘，个个行色匆匆，我穿过街道去对面小商店买水。"哇"，一声尖利的哭声惊得行人都回过头去，我也不例外。循声望去，发现一个三四岁大的小男孩在岔路口那边哭喊，引得旁边站了不少人。那个小男孩哭声越来越大，一边哭一边四处张望，显得很着急很恐惧。小家伙可能是平生第一次独自一人面对这么多陌生人，又找不到爸妈，怎能不哭呢！四下张望，不见一个熟人，小家伙呜呜地哭着，漫无目的地向东街方向挪着步子。这时候从校门口跑过来两个女孩，她们两人肩上都搭着长达膝盖的时尚小包，上面各缀着一个小动物饰品。一个女孩齐耳短发，上身是乳白色T恤衫，下身是蓝色牛仔裤，配一双白色的运动鞋；另一个头发向后扎成一簇，像一把黑油油的刷子，她身穿红白蓝相间的短衫，下身是牛仔短裤，白色运动鞋。她们俩来到小男孩身边，一左一右护着这个小家伙，怕他走丢或被坏人拐走。小家伙每向前挪动一步，这两个青春靓丽的女大学生就伴随左右，一步也不离开。三个人约莫走了20步远，其中的一个女孩突然弯下腰，两手握住小家伙的手，靠近他，好像在说："小朋友，不要再往前走了，你妈妈不在那边，咱们站在旁边等等，你妈妈马上就过来。"小家伙心里只有爸妈，一看是生人，不领女孩的好意，只管往前走，并且他的呜呜声越来越大，两只小手从女孩手里挣脱开，固执地向前挪着步子。遇到这种情况，女学生束手无策地站在那儿，抿了抿嘴，跺了跺脚，好像在说："这可怎么办？"她的另一个女同学没停下来，她一边尾随着小家伙，一边打着手机。两个女大学生就这样护着这个小家伙约莫有五分钟的样子，直到来了一辆警车。民警问明情况后，他们几个硬是把小家伙抱上车返回到十字路口，停下车又把小家伙抱下来。两个女大学生连同那个民警拽着小家伙站在路口，等着小家伙的父母亲。过了10分钟的样子，从外语学院旁边的大型超市里面冲出一对男女，向十字路口这边奔来。看见孩子，女的一手抓住孩子的手，一手在孩子的脸上抚摸着，像是看孩子少了什么没有。再

发生在大学门口的一件事

看那男的，双手握着民警的手迟迟不愿松开……等他们都回过神来找那两个女大学生时，她俩已经离开了。

樊家河赋

昔日樊姓人筑堡而居,故名樊家堡。漆水河从旁经过,又改名樊家河,沿用至今。

樊家河,枕于漆水河东岸,卧于老虎山脚下,北仰水南山,西望好畤河,南与乾县毗邻。方圆数里,虎踞龙盘,地狭而村貌整。奇哉,樊家河!

伫立老虎山之巅,俯瞰村落,八排十六行,如列队之士兵,雄赳赳气昂昂;排排楼房,尢一土屋;户户新家,红瓦红墙。主街自北而南,笔直而平坦。时代变迁,南面衍生之新村崭新而华美,气派而富足。南与北,新与旧,比邻而居,古朴与时尚并存,相得益彰,相映成趣。北有新建广场宏伟之气势,南有硕大水库波光之粼粼。壮哉,樊家河!

四季风光无限。时值冬日,水南山白雪皑皑,有北国之风光;夏日至此,羊毛湾湖波荡漾,有水乡之柔美。村庄掩映于绿树之间,遮天蔽日;田野被小麦簇拥,郁郁葱

葱，丰收在望。金秋十月，苹果树果实累累，鲜红诱人。美哉，樊家河！

看今日家乡变迁喜上眉梢。水泥路直达水库，快捷方便；羊毛湾鲢鱼肉质鲜美，闻名遐迩，樊家河鱼庄富丽堂皇，香飘十里。春夏游人如织。观光者泛舟湖面，领略山水；垂钓者游走湖边，怡然自得。悠哉，樊家河！

江山如此多娇，引无数乡亲们辛勤劳作。黎明即起，大伯大叔已忙在田间地头，给小麦浇水，给苞谷灌溉，给果树拉枝，给苹果套袋。好一幅农乐图！亲哉，樊家河！

社会发展，农村巨变，一批批年轻人跳出农门进城创业，个个干得风生水起，事业有成。樊福清执教讲坛，桃李满天下；樊小海教授生物，师生好评不断；樊永华救死扶伤，让千万患者重见光明；樊向利年轻有为，让患者重新站立；樊社利厨艺精湛，把饭馆开到西安；樊科利三下五除二，让汽车跑起来；樊海鹏高瞻远瞩，在广东把高科技玩；樊彦英走南闯北，描绘祖国河山；樊连选转战全国，建广厦千万间；樊利红在家乡发展，把渔业做大做强。一个个优秀的家乡青年，一项项惊天动地的事业，不胜枚举。喜哉，樊家河！

虎父有犬子

    人们崇拜英雄，缘于英雄的人格魅力和对国家的贡献。英雄的孩子有时也能成为英雄。王翦与王贲父子，同为秦国名将：父亲王翦破赵国而平六国；儿子王贲淹大梁而灭魏国，为秦统一六国立下汗马功劳。汉景帝刘启与汉武帝刘彻父子，皆为汉朝的皇帝：父亲创造了"文景之治"的经济繁荣；儿子屡战匈奴、开疆扩土、打通丝路，使汉王朝国力达到顶峰。孙氏三代有帝王之才：孙坚披坚执锐，占据江东，开创基业；孙策坚守祖业，循序发展；孙权建国立业，联刘抗曹，雄踞江南。军事、政治如此，文学艺术也不甘示弱：曹操的"老骥伏枥，志在千里"，曹植的"本是同根生，相煎何太急"；苏洵作《六国论》而谈古论今，评说六国之得失，苏轼吟《赤壁赋》而感慨古人，开豪放派之先河。中国英雄辈出，外国也人才济济：西奥多·罗斯福为美国第 26 任总统，他的堂侄富兰克林·罗斯福主政白宫 12 年；老布什发动海湾战争，小布什在伊拉克

燃起战火。凡此种种，都让人相信"虎父无犬子"。

诚然，子承父业延续着家族的名望，扮演着"虎子"的角色，接受着人们的羡慕崇拜，但这毕竟是凤毛麟角，常见的是"虎父有犬子"的现象。赵奢英明勇武，数破秦军，堪称战国名将；赵括"纸上谈兵"，长平之败，致赵国日渐衰微。秦始皇年轻睿智，扫平六国，统一天下，开创封建基业；二世胡亥荒淫无度，残忍无道，官逼民反，葬送秦朝江山。刘备骁勇有谋，"桃园结义"谋良将，"三顾茅庐"纳贤臣，开创蜀汉基业；刘禅极度享乐，偏听谗言弃忠言，丢江山"乐不思蜀"。房玄龄谦逊廉洁，精于谋略，被称肱股之臣；房遗爱赢弱无能，不学无术，率性而为，谋反被杀。杜如晦谏于君王，剖断如流，太宗甚爱之，然其子杜荷性情残暴，不守法度，参与谋反，事败被杀。李成梁镇守辽东，令金人闻风丧胆；李如柏不战而逃，招来全军覆灭。

痛定思痛，成为"犬子"的责任在于"虎父"。虎父一味地强迫孩子"子承父业"，硬性培养。其实孩子就根本没那方面的特长及兴趣，只能赶鸭子上架，结果误了国事，也丢了犬子的性命，真是得不偿失！就像今天的某些成功人士，他们尝到了成功的甜头，极力想让孩子成为和自己一样的人，强迫孩子做和自己一样的事业，完全不顾孩子的想法。迫于压力，孩子硬着头皮那样做了，结果碌碌无为，成了一个"犬子"。孩子变成了"犬子"的另一个原因是，"虎父"创下的基业、优越的家庭环境惯坏了孩子，使孩子成了温室里的花朵，经不起风吹雨打。

　　我们生活在一个多元化的时代，让孩子成为一个快快乐乐成长的"犬子"有什么不好？纵使你是有名的将军，孩子不愿意成为将军，他想当一位画家有何不好？纵使你是手握实权者，孩子不愿意从政，想当一名自主创业者有何不好？纵使你是大名鼎鼎的律师，孩子想从事工业设计有何不好？只要他们爱自己干的事业、走正道，当一个平凡人有何不好？这个世界固然需要英雄，但更需要默默无闻的平凡人。

　　让孩子走出"虎父"的影子，当一个快乐的"犬子"，我看未必不是一件好事。

家乡的饸饹

我的家乡在永寿，地处渭北旱塬，那里的人们一年四季以面食为主，中午吃面条或者饸饹。饸饹，就是用饸饹床子把和好的荞麦面、高粱面、麦面压成长条形，煮着吃。它原先流行于山区的农村。我们知道，山区的农民干的都是重体力活，饭量大，食物要筋道、耐饥，饸饹正好具备这些优点。不管是人力还是电动，都是通过挤压形成一个个长条，不过，电动床子压的饸饹更硬。如果小麦质量好，碱放合适，用沸水煮透，压出的饸饹可长达一两米，富有弹性。为了防止饸饹粘在一起，最好在食用前往饸饹里倒点儿清油，再用筷子拌匀，这时候饸饹金灿灿的，一看就胃口大开。

饸饹吃法各异，随季节而不同。夏天因为天热，主要以凉拌为主。刚压的饸饹放在碗里，切几片凉黄瓜，再倒点儿醋，放点盐，最要紧的是要放足够的油泼辣子。用筷子在碗里使劲地拌匀，直到碗里只是红艳艳的辣子，看不见饸饹为止。再剥开几瓣新蒜，吞一口饸饹，咬一口蒜，那才吃得带劲。冬季吃饸饹主要以汤饸饹、炒饸饹、醋炝饸饹为主。你来到西北地区，随便走进一家餐馆，给服务员吆喝一声："来一碗汤饸饹！"不一会儿，一碗热气腾腾的饸饹就呈现在你面前。汤上飘着一层油辣子，一口吹不透，上面再点缀些葱花、韭菜、油炸豆腐干，红绿白相间，看一眼就食欲大增。开始吃时，挑一筷头饸饹放入嘴里，先尝到的是一阵辣味，再是一阵香味，于是忍不住狼吞虎咽起来，嘴里一边因为辣吸溜着，一边拿着纸巾擦着前额和两颊冒出的热汗。等你吃完了再深深地喝上几口入味的饸饹汤，拍拍鼓鼓的肚子，已经饱了，但意犹未尽，还想再来一碗。最后想了想，还是忍住吧，悄声对自己说："留着肚子，下一次再好好吃。"说着，腆起肚子依依不舍地离开饭馆。

所谓炝饸饹，就是把搭配好的汁液调料加热后倒在干饸饹上，再拌匀，就可以享用了。炒饸饹和炝饸饹做法大同小异，先把干饸饹倒在油锅里，再放入调料，把火候掌握好，不要把饸饹烧焦，三五分钟后出锅，就可以食用了。如果把刚炒好的鸡蛋饼放在饸饹上就是鸡蛋炒饸饹，如果炒饸饹时加入几片肉就是肉炒饸饹。

岁月在流逝，时代在发展，吃饸饹的地域在不断地扩大。以前主要在农村，人们吃饸饹，是为了充饥，如今饸饹在城镇也"大行其道"，饸饹变成了一道美食，农村人和城市人都爱上了它。现在城镇里有许多压饸饹的作坊，

每天中午十一二点，人们三三两两端着面粉向作坊走。有时候，压饸饹的人多，如果你去晚了，会排不上队的。平时的朋友聚餐，一阵觥筹交错之后，服务员笑嘻嘻地走上前来问："请问各位，你们主食吃什么？"喝得满面通红的各位睁着醉醺醺的眼睛异口同声地答道："当然是饸饹，还用说！"根据个人的爱好，不一会儿服务员端来了炒饸饹、烩饸饹还有汤饸饹。只见他们，埋下头，风卷残云一般，不多时饭桌上只剩下空空的碟碗。

　　一道饮食体现一个地方的风土人情，饸饹作为西北地区人民的一道特色饮食，体现了西北人粗犷豪放、生硬愣倔的性格。作为西北人，不吃饸饹，就不算真正的西北人！

家乡水利纪事

　　我爷爷是一个老水利人，从事水利工作40年，跑遍了家乡的山山水水、沟沟峁峁，哪个地方有水库，全县有多少座水塔、水井，他了解得一清二楚。从参加工作到退休，他心里装了太多的关于水利的故事，他的经历其实就是一部当地水利发展史。

修筑堤坝

记得一年夏天的午后，我们爷孙俩坐在树荫下，爷爷手里摇着蒲扇，给我讲述他们第一次修筑高桥堤坝的事。高桥位于樊家河、郭家村、安头村、好畤河村的上游。高桥是一座石拱桥，坐落于漆水河上。漆水河发源于麟游境内，一路奔腾，穿过崇山峻岭，在永寿地界汇入到羊毛湾水库。经过当地水利部门的勘测，认为在高桥上游的峡谷口可以建造一个堤坝，再通过一条水渠引漆水河之水为这四村所用。勘测好以后，说干就干，水利部门和当地政府号召当地农民参加，就开工建设了。20 世纪 60 年代可是个热火朝天大干农田基建和水利建设的年代，人们劳动热情很高。筑坝第一道工序是拦水。漆水河只是一条小河，人们三下五除二用石头、沙袋堵住水，给水改道，把筑坝的地方腾了出来。接下来当地政府从外地调来了炸药、雷管。负责放炮的工人们头戴安全帽，把炸药小心地放在队友凿好的炮眼里。这时候，只见负责警戒的工人手执红旗，口吹哨子，示意人们远离放炮现场。不一会儿工作人员点着导火索，人赶紧跑开躲藏在远处的山背后，捂住耳朵。霎时只听一声闷雷炸响，地动山摇，炮眼的地方腾起一团黄白色的烟雾，紧接着只见碎石乱飞，像冰雹来袭，随后被炸掉的大石块顺坡滚落下来。接下来就是乡亲们要干的事情。只见他们两个一组，或滚，或抬，把大石块挪到坝基。碰到巨大的石头，两三个人无法移动，这时候五六个人手拿绳索和杠子，叫着号子，把石块徐徐抬到坝基。一时整个山涧的工地淹没在号子声、凿石声和人们欢快的笑声里。爷爷说他是水利部门的技术人员，得吃住在工地，停工时也如此。有时候空旷的工地没几个人影，不免有几分寂寞。但是也有他们最快活的时候，那就是上山捉松鼠、逮野兔。

时维9月，序属三秋，山涧两旁的山坡上青翠欲滴的是松林，红艳艳的是柿子林，还有树叶婆娑的洋槐林，酸枣树身披红霞一般的野果在秋风中摇曳。这秋日的山坡成了动物的乐园。矫健的野兔在灌木丛中蹦来跳去，机敏的小松鼠在松枝上追逐嬉戏，活泼的野鸡在林间撒欢鸣叫。爷爷说，这时候他们通常悄悄地把网下在野鸡和野兔经常出没的地方，等第二天去总会满载而归。回来后爷爷和几个队友把鸡拔了毛，兔子剥了皮，把兔和鸡煮在盐水锅里。从山上拾来的干树枝在锅底下噼噼啪啪地燃烧，锅上热气蒸腾，把鸡肉、兔肉的香味弥漫得到处都是……一个多小时后肉熟了，爷爷和队友各捞了几块，各人在洋瓷碗里倒半碗当地产的白酒，一边喝酒吃肉，一边天南海北地聊天，篝火映照在他们脸上，红扑扑的。夜幕降临，山野一片宁静，只有他们响亮的喝酒行令声和朗朗的大笑声在山谷里回荡。几天来的疲劳和寂寞只有在这时才得以缓解和释放，好一个痛快淋漓的晚上！

做做停停，山涧堤坝花了半年的工夫，最后通过山底水渠，漆水河之水被分流到这四个自然村。从此一年四季

靠雨水长庄稼的旱地变成了水浇地，以前亩产几十斤的麦田现在达几百斤。春天的午后，站在田间地头的老农夫，嘴里叼着一尺多长的烟杆，看着满满一渠的河水汩汩地流淌进自家的田里，他老人家慈祥的一双眼睛笑得眯成了一条缝，耕种了大半辈子旱田现在终于看见了水浇地是什么样子。水浇地出产的麦子到底不一样，它看起来颗粒饱满，吃起来喷香筋道。从此这四个村成了店头镇的粮仓，买粮的人一听是河滩麦子，都争先恐后地抢购。

改造水渠

20 世纪 60 年代开凿的都是土渠，一到夏天，浓密的野草和藻类布满整个渠道，再加上长年沉积下来的淤泥抬高了渠床，使水难以流入最南边的樊家河村，所以每年村上都组织村民清掏水渠。那可不是一件好差事，平坦的渠床好说，遇到坑洼不平的地方，通常积满了水，你不得不挽起裤子，蹚在水里清理淤泥和杂草。缠缠绕绕的根蔓阻挡得你难以下锨，费了九牛二虎之力清理出的是恶臭的污泥，弄不好，溅得你满身都是。一段渠清理完，人就像是在淤泥里摸爬滚打了一般，满身都是泥巴。这还算好，更可怕的是污泥里有钻肉虫，不小心钻入你的腿里，血淋淋的，当你发现用手往出拽时，通常是一半在手里，一半还在肉里，年年如此。有时遇到山洪暴发，常常把临沟的渠道冲毁，一年半载难以修补。有时即使修好了，第二年又被冲毁，水浇地又变成了旱地，人们怨声载道。

斗转星移，时间进入到了 20 世纪末 21 世纪初，中国经济快速发展，从中央到地方，政府普遍关注民生，特别是"三农问题"。当县水利部门了解到我们家乡"有渠不能浇地"这一问题时，就立即组织技术人员考察、论证、测量，继而拨款、施工，一年的时间，从高桥到樊家河 10 里长的水泥渠就竣工了。至此，家乡的水利设施有了前所未有的改观，昔日的土渠变成了如今的混凝土渠。遇到灌溉的季节，从 10 里外的高桥放下的水，半个小时就到达田间地头。一户浇完紧挨着下一户，速度之快、效率之高都是前所未有的。人们不再为每年要清掏水渠而头疼，不再为水渠被山洪所毁而苦恼。今年夏天是十分炎热的一季，处于北方的人民也耐不住太阳的炙烤，纷纷寻求各种办法避夏消暑。暑假里的一天我回家乡了一趟，发现本村的孩子们穿着短衣在水渠里嬉戏，你追我赶，脚底下溅起一串串水花，或者互相打水仗，被撩起的渠水像断了线的珠子。一时，尖叫声、大笑声在村舍间飘荡，一派祥和的景象！此情此景，仿佛把我带回到了童年。

户户通水

我们村位于永寿最南端，与乾县相邻，人畜用水取自漆水河。后来修建了水库，蓄水淹没了村庄，村子不得不向北部高地迁移，再到河里取水就困难了。所以经过水利部门勘探后，在村小学院内挖了一口井。井水清冽甘甜，很是好喝。那时的生活条件差，不可能把水引到各家各户，

所以每两排安装一个龙头。我们村有八排，共四个龙头。一千多人口的村子四个龙头供水，可想是什么情况。所以每天各家第一件事就是挑水。那时候我们家口大，还饲养着一头牛，一天用水量很大，少说四五担水。所以每天我就早早地起床，心里想我可能是第一名挑水，没想到早有几个人排在了我的前面。后来的人又排在我的后面，依次类推，不出半个小时，龙头前出现了一条长龙。等水的当儿是有趣的，是乡亲们说笑、打骂的时间。春夏秋季取水好说，即来即取，但一到隆冬时节，北方的寒冷把个龙头冻得严严实实，要取水，就要取柴火来烧，把冻住的水龙头热开，这大大延长了人们的取水时间。天长日久，井也塌陷了，村上派人下井底淘过几次，但是泥土还是堵住了几个泉眼，水没有以前那么旺了，时断时续，无法满足全村人的用水。当地政府看在眼里，水利部门急在心里，他们马上组织人力，在原井的旁边打了一口新的机井，在更高的地方建起了一座水塔。为了便民，他们把水管修到了各家各户的家里，给每家装上水表、龙头，用多少取多少，既方便又省时，村民好不高兴。他们深深体会到了党的惠民政策的优越，无不在幸福的康庄大道上奋勇前进！

水是农业的命脉，要把水充分地利用起来，就要看水利事业的发展。水利事业发展了，农业就发展了，农民就富裕了，农村就有生机了。水利像一个窗口，通过它，我们能看到当地"三农"的变迁。

监军战鼓

监军战鼓被纳入陕西省非物质文化遗产保护项目名单，可见它非同一般。

监军战鼓队阵容庞大，由永寿县监军镇的南关村锣鼓队、西村锣鼓队、新勤村锣鼓队和干堡村锣鼓队组成，有二三十人之多。每逢城镇有楼盘开盘、饭店开业和正月十五耍社火，战鼓队成员从各自的村庄出发，到永寿县城会集，进行表演。他们不是一个随便的组合，而是一个有严格组织的集体。表演时统一着装，通常是一身红色或一身绿色着装。表演时，战鼓队、镲钹队通常是由长者率领，这两个领队年龄五六十岁，有些戴着墨镜，表演时气定神闲，动作娴熟老到。也许只有到了五六十岁的年纪，才能领略到战鼓的精髓，就像老中医，越老越值钱，患者越相信他们的医术。战鼓是那种巨大南瓜形状的，鼓身是朱红色的，两面被白色的牛皮包裹着。鼓槌也不一般，挺长的白色木棍前头用红布裹着。镲钹是一律的金黄色草帽形状

的铜制品。

表演开始了，第一个鼓声由领队引起，第一声镲钹也由领队引起，然后各队的成员跟随着。开始时，节奏是缓慢的，声音是低沉的，一阵战鼓声，紧接着一阵镲钹声。舒缓而整齐。慢慢地，节奏加快了，鼓声雷动，镲钹齐鸣，整个阵容铿锵有力，如万马奔腾，有排山倒海之势，有摧枯拉朽之威，使观众耳目为之一新，精神为之一振，越观越入迷，久久不愿离去。再看表演者，情绪激扬，高潮处，只见他的鼓槌在空中乱舞，他的头随着鼓槌的起伏而起伏，但是他的每一槌都疏密有致，槌槌都合章法。

战鼓在中国古代是鼓舞士气用的，成语"一鼓作气"就是这个意思，就像现代战争中的冲锋号一样，战鼓一响，战士们奋不顾身地扑向敌人，个个冲锋陷阵，视死如归，越战越勇，吓得敌人失魂落魄、肝胆俱裂。永寿这个地方，在古代属于西北边陲，与北方少数民族的战争时有发生，战鼓是必不可少的。从一些地名里我们就可见永寿曾经是战争发生地。"监军"，在百度上是这样解释的："监军也称监军事、督军，是中国历史上替中央政府监督在外之军队的官职，常持节。"在秦汉是以太子、御史担任这一职务的，到唐玄宗开元年间这一职务由太监充当，以后被废止。"封侯""等驾坡"，这两个地名和历史上"安史之乱"时唐玄宗西逃有关系。

斗转星移，岁月变迁，以前带有血腥味的战鼓到了现代社会成了人们娱乐的工具。在远古时代的战争地，人们听惯了这种声音，渐渐地喜欢上了这种声音，难以割舍，所以一代代就流传了下来，直到今天。年轻一代学这东西的人越来越少了，监军战鼓有失传的危险。为了把这种传统文化传承下去，省、市、县各级文化部门拨专款，选人才，培养战鼓接班人。2014年春夏之交，监军战鼓队在永寿广场进行现场招生、现场传授活动，报名的年轻人之多令人欣慰——监军战鼓后继有人了！2015年3月5日，又是在永寿广场举行了声势浩大的监军战鼓表演赛，其中一个亮点是，主鼓手竟然是一个十二三岁的女孩子！她一袭绿衫！口涂朱红，扎着羊角小辫，镇静自若，章法娴熟的表演吸引了广大观众的目光，不时地有观众给她按下快门。

监军战鼓，这一代表西北人民粗犷豪放性格的非物质文化遗产，在年轻一代手里，将响得更激越、更铿锵！

勤劳的姐姐

上周因为本家人结婚，我回了一趟老家，正巧姐姐也回来了。听她说，她养的羊相互顶仗，其中的一只羊被顶死了，无奈就以200元的价格卖给别人，同时她也得了一小份羊肉，煮熟后也给爸妈提了一份。母亲、姐姐和我，三个人唠叨了一会儿家常，姐姐一看快下午两点了，急忙要回家，说她回去后还要去放羊。我送姐姐来到了汽车站点，和姐姐聊天的当儿，突然发现姐姐老了，顿时心里一颤，喉咙有些哽咽。

姐姐30多岁了，在我们兄弟姐妹中排行老大。她有两个孩子，一个上初二，一个上小学六年级。她在家里照顾两个孩子，另外还栽种着苹果树，饲养着羊，姐夫在西安打工，家里的活她全包了。她太忙了，我和妻每次去她家，她不是放羊去了，就是给苹果树施肥去了。每碰到她们村的熟人，他们就会说："你姐太勤快了！"听了他们的夸赞，我心里美滋滋的。正因为勤，她家盖起了全是砖木结构的五间大瓦房，没拉下一分钱的账，日子在他们村过得不算差。

想起小时候的日子，那才叫作"艰难"。30年前，农村刚实行联产承包责任制，父亲和伯父分家时间不长，再加上后来又有了我，家里劳力不足，就把刚上小学二年级的姐姐硬从学校里拽了回来，照看我、帮做家务。听母亲说，姐姐那时是很爱念书的，也很好学，她把姐姐从学校往回拽，姐姐两只小胳膊抱住一棵树，说什么也不松开，眼泪汪汪的。回家后，在照看我的当儿，每每碰见放学回家的学生队伍，她总是要羡慕地看好一阵子。现在，每当外甥遇到不会做的数学题问姐姐时，姐姐总是一脸窘态，无法给孩子们解答，这时候也就埋怨起父亲和母亲来。父亲和母亲也很怅惜，我也感到莫大的内疚，要是没有我，姐姐可能会有上学的机会。

姐姐的勤劳是出了名的。记得在西安玻璃厂打工那会儿，别人一小时装15麻袋瓶子，她一小时能装20袋。一有空还去帮助别人，以至于整个车间的人都很喜欢这个从农村来的小姑娘，有一次他们开玩笑地对姐姐说："小惠（姐姐的名字），你这小姑娘是什么做的，怎么不知道累呢！"正因为如此，工友们都喜欢她，给她这给她那。其中有一个厂里的大姐，送给了我姐一大包旧衣服，有的衣服只穿了两三次，还崭新崭新的。姐拿回家往炕上一倒，好一大堆。有红色的、绿色的、紫色的、白色的，有春季穿的、夏季穿的、秋季穿的，也有冬季穿的，那一回着实让

我大开了眼界。姐姐的勤快得到了人们的夸赞，特别是得到了城里人的认可，就连我这个做弟弟的也佩服起姐姐来了。

相继有了妹妹和弟弟，家里的粮食一年接不上一年，没办法，父亲和母亲商量后承包了别人的15亩山地。我现在还记得他们承包的两三个地方的山地，这些山地彼此又相距遥远。每一年暑假刚一开始，父亲就赶着牛，这个山地犁完了又去那个山地，往往一遍地犁下来要花半个月时间。秋天种地更是麻烦，三更半夜起床，父亲先喂牛，姐姐帮助母亲做早饭。吃过饭，给架子车装上满满的种子、化肥，父亲驾着车辕，我牵着牛，姐姐和母亲在后面推着车子，就出发了。到了坡下，再一袋一袋背上山，谁都没闲着，姐姐每次总是背重东西，让我拿一些小东西。每当夏收的时候，一家人更是忙得不可开交。那时候家里穷，没钱雇麦客和手扶拖拉机，姐姐和母亲在地里收割，我和父亲套着牛用架子车运输。割完了这个山头，又割那个山头。姐姐和母亲割麦真快啊，催得我和父亲一路小跑。循环往复在路上跑，我的两条腿快要断了，累得我叫苦连天。这承包的15亩地加上自家的，共有20多亩麦子，一年年都是姐姐和母亲用她们的双手收割完的，没有半点机械的帮助。就这么苦，可是姐姐从没有半句怨言，直到她出嫁。

八岁辍学回家，她先是照看我，帮家里做饭，到了十几岁，她每年和父母一样在地里劳作，直到她出嫁，都是家里的重要劳动力。姐姐，你给这个家付出太多了！

勤劳的品质像是与生俱来的，姐姐出嫁后，勤劳的秉性亦然。她除了饲养山羊、种植苹果树外，最近还买了一台做鞋机，利用空闲时间给村子人做鞋，听说生意还不错。她每隔一个月都来县城进货——买鞋底，每次来都买100多双，装整整一麻袋，然后我帮姐姐把货运到车站。

　　勤能补拙，一个人即使不聪明，只要勤劳，总能把智力上的一点儿缺陷弥补，与别人取得同等的成绩，甚至超过别人，过上好日子。姐姐就是这样一个人。

金　砖

　　在渭北某县的一个村庄有一刘姓大户人家，主家名叫刘全有，人长得身材魁梧、方盆大脸。此人广交朋友，乐善好施，做得一手好木器活，在四邻八乡没有不认识他的，提起他的名字没有不竖起大拇指的。说起来，刘全有可是"贵族"出身，他的父辈是当地有名的大地主。当年他家有良田二三百亩，牛马一二十匹，全村一半的青壮年劳力给他家打过工。再看他家的房子更是雄伟：前门是大黑木门，门两边是大青石凿成的狮头门墩石，上面刻有"福禄寿"字样。顶上是门楼，上面有瞭望窗和射击口，有专人把守，如有险情，把门人把消息迅速传递给主家，同时关闭大门，进入门楼，端起长枪，准备射击。进入院落，空间显得有点儿狭小，因为院子的左中右方位被房子盖得严严实实，所有房屋一律的青砖墙、松木椽挂篱子，房上有脊，是那种青砖雕刻成鸽子形状的。站在院中央，说话能产生回声。就是这么个声名显赫的家族在"文化大革命"

中给"破了四旧"。刘全有的身份也一落千丈，从一个公子少爷，坠落成了一个"平民"。在随后的岁月中，刘全有凭借自己的聪明才智和勤劳的双手开创了一片天地，赢得了乡亲们的赞誉，也给父辈赢得了声誉。

　　刘全有福大命大。在他这一辈，父亲只守了他这一根独苗，可是在他的下一辈，可以说是儿子满堂，清一色的四个儿子，老大刘孝先，老二刘孝德，老三刘孝永，老四刘孝忠。看着这齐刷刷的四个儿子，刘全有和媳妇心里美滋滋的，每遇到别人夸赞他的儿子，夫妻俩更是高兴，干活有使不完的劲。在忙碌和幸福中，孩子慢慢地长大，夫妻俩慢慢地变老，他们本来对几个儿子抱有厚望，没想到老大老二老三中途辍学，待在家里。没过多久，给老大娶了媳妇分了家，随后又给老二张罗了个媳妇，老三也算是"子承父业"，跟父亲学了木匠活，最后也分了家。到老四跟前，连续的三桩婚事已经把刘全有做活挣得的一点儿积蓄花了个精光，吃饭险些成了问题。看到家里的光景，老四刘孝忠"忍痛割爱"，停了学业，外出谋生去了。大户人家出身的刘全有本来对孩子的学习很重视，看到老大老二老三一个个回家，他很是失望，就把唯一的希望寄托在小儿子身上，然而知事明理的小儿子不愿意再让父母亲背负沉重的经济负担，毅然离校，这让老两口失望至极。再伤心，人还要生活，刘全有50多岁了还没有停止他的木匠活，虽然自己老了，虽然小儿子远在他乡，他还要干活，还要攒点儿钱，给小儿子把媳妇娶了，这是他活在这个世

上最大的心愿。他曾经试探过三个儿子的口气，万一有一天他不在了，希望弟兄三人给他们的小弟把婚事办了。谁知没等父亲把话说完，老大刘孝先抢过话头说道："世上父亲给儿子娶媳妇是天经地义的事，万一你死了，让孝忠自己给自己娶媳妇！"大哥话一出口，剩下的俩兄弟面面相觑，然后赞同了老大的观点，最后一个个都离开了老屋，这把刘全有气得够呛。望着空荡荡的老屋，老两口只是叹息，感到了老年的寂寞和凄凉。

天有不测风云，人有旦夕祸福。在刘全有接近60岁的时候，他患了半身不遂之症，卧病在床，动弹不得，接屎端尿老伴还应付得过来，可是这医疗费老太婆一点儿法子也没有。伸手向三个儿子要钱，三个人都异口同声地说："我们家也困难，没闲钱。你不是和你小儿子过嘛，给父亲治病孝忠应该负责！"

父亲得病刘孝忠是最后一个知道的。母亲本打算不告诉他，他在外面打工不容易。听到父亲得病的消息，刘孝忠携妻子赶回家把父亲送到医院治疗。这种病医生也无能为力，只能拿药维持。父亲瘫痪在床的这五年，刘孝忠让媳妇留在家中，帮助母亲一起伺候父亲，他一个人外出打工给父亲挣药费，有时候本地没有需要的药，他就从外地把药邮回来。

虽然不能站起来了，但是刘全有看得一清二楚，谁对他好谁对他不好，危难中他倒享了之前什么也没有给予的小儿子的福，他一心付出并给娶了媳妇的三个儿子倒没有尽孝。在弥留之际，在那个破败的老屋的炕上，刘全有让老伴取出了上锁的紫檀盒子，然后郑重其事地把盒子连同钥匙交给小儿子，说："孝忠，我的儿，爸给你这。这是你应得的！"说完就咽了气。刘孝忠接过盒子，哇的一声，向父亲的身上扑去。

　　埋葬了父亲，刘孝忠又拿出盒子，小心翼翼地打开，展现在他面前的是两块黄灿灿的金砖！

金子就在你家后院

我们往往千里寻金，其实金子就在我们家后院。

出去旅行了，一时心热，买了好多苹果，拿回来和自家的一比较，后悔不迭。

在省城买了一件衣服，兴高采烈，准备拿回家给朋友夸耀一番，不料回来后，发现家乡也有，而且价格更便宜。

一直梦想着去侍郎湖游玩，有一天去了，才发现它原来是一个不大的湖泊，还没有家乡水库四分之一大呢！

总以为西安的羊肉泡馍很了不得，30元去吃了一次，才觉得家乡15元一份的羊肉泡馍更实惠、更地道、更解馋！

我们经常巴结权贵，结果有一天当你遇到困难了，伸出援手的、解囊相助的往往是你身边的普通人。

朋友买车了，骄傲地开到众人面前，拍拍车盖，给大家炫耀般地介绍，这是某国原装进口车，要好几十万呢！其实他不知，花同样的钱能买一辆更好的国产车。

有两个从初中一直念到高中毕业的同学，其间男孩对女孩无微不至，关怀备至，她全没放在眼里，最后找了一个有钱的外地老公。婚后生活的不幸福使她一次次想起当初近在咫尺的他。

……

外国的月亮不一定比中国的圆，远处的不一定比近处的好。适合你就是最好的，何必舍近求远。为什么我们一次次反其道而行之，是因为我们常常被虚荣心蒙住了双眼！

朋友，停一停你匆忙的脚步，回头看一看你家的后院。

其实金子就在你家后院！

惊叹于秦人的智慧
——观秦景公墓有感

受几月前热播的电视剧《芈月传》的影响，我们一行几人去了趟凤翔，参观了一下秦公一号大墓，了解了关于秦人及秦国的历史。

据史载，秦人为东夷族一支，源于东海之滨。后来迁到陇西一带，为商守边，力克西戎。秦襄公护送周平王东迁有功，始封诸侯。后越陇山，进入关中。至秦德公元年（公元前677年）定都雍城，大秦帝国开始逐渐孕育。秦国在雍城（今天的凤翔）建都294年，雍城是其真正意义上的根据地。公元前221年，秦统一了六国，秦始皇登基大典后就去雍城祭祖，可见雍城在历代秦国国君心目中的地位是何等重要。

秦公一号大墓是秦景公的墓葬，位于凤翔县城南指挥村。墓葬呈巨大的楔子型，是现今开挖的最大的帝王墓葬，从发现到发掘历时 10 年。最初的秦国被人看成是野蛮愚昧的部落，常被其他诸侯国嘲笑。其实真正的秦人不是这样的，出土的器物给我们还原了一个真实的秦人形象。

先进的冰窖技术

在当时的雍城里有一个名叫"凌阴"的建筑，它是秦国贵族藏冰的地方，东西长 16.5 米，南北宽 17.1 米，通常藏冰 190 立方米。它里面设有槽门隔板，为防止白起河谷的西北风直接吹入冰窖，加强对冷藏冰的保护。沟槽是通向白起河的，用于冬季把凿来的冰运入冰窖。"凌阴"是秦国王公贵族专用冰窖。关中的夏天是难熬的，每逢酷夏到来，冷藏于凌阴的冰块被仆人搬出，一一送到贵族们的住所，供他们消暑。这是"凌阴"冰窖的第一大用途。它的另一个用途就是冰镇尸体。我们知道，古代国君驾崩后到下葬，有一段很长的时间。史书上记载："诸侯薨，五日而殡，五月而葬。"大殓时间要花去五天，从入殓到下葬中间要花去五个月的时间。中间这么长的时间，尸体在棺椁里只能靠冰块冰镇防腐。现在的冰棺和两千多年前冰镇尸体理出一辙，它们有异曲同工之妙，可见秦人——我们的先人智慧的高超！

千年不朽的木椁和木炭

黄肠题凑，指用柏木枋堆垒起的框型墓墙，中间放置棺材，它是中国古代最高等级的墓葬形制，只有帝王及其

惊叹于秦人的智慧

妻妾，以及皇帝特许的宠臣享有这样的待遇。秦景公墓就是这样的葬制。柏木棱子拼凑的"黄肠题凑"高达两米，宽1.5米，可见它的宏伟。最令人称奇的是用来组合黄肠题凑的柏木棱子，经过了2000多年还完好无损，笔直地躺在陈列柜里，现代人一眼就能认出它的木质。凑近，仔细地瞧，能发现柏木上有零星的小圆点，上面涂有银灰色金属。我带着好奇心问了一下讲解员，她说，为了防腐，秦国工匠们把木头上的节疤处掏空，再灌入铅。

难道整个黄肠题凑在地下就不腐朽吗？这个问题，我们的先人早已想到了。为了保护柏木，古代先人们用木炭加以防潮。那一颗颗躺在陈列柜里的黑色木粒让我对我们的祖先肃然起敬。工作人员不无风趣地说，2000多年前的木炭现在点燃，依然燃烧，只是这太昂贵了。

精美的陪葬品

秦景公作为秦国历史上较有作为的国君，原以为他的陪葬品一定不少，当挖开大墓后，却令考古人员很是失望。没见随葬品，倒是发现了270多处盗洞，并且每个盗洞光滑可鉴，可见盗墓者不止一次下去过。从春秋战国到现在，各朝各代的盗墓贼一定多次光临过这里，随葬品被他们洗劫一空不难理解，但必定还有遗存。在后面的清理过程中，陆续发现了上千件随葬小物件，不乏金兽、金鸟、漆木兽、漆盘、金带钩、金串珠、红玛瑙珠串饰、苇席残片等。这些都是极微小的器物，有几厘米大小。小而精致，一个个动物，如活物一般，活灵活现，惟妙惟肖。在那么久远的年代，我们的祖先没有先进的机器设备，在微小的物件上他们是怎样刻画这些动物的，而且达到微雕的程度？不可思议，令人叹服！一件件漆器光彩照人，油光闪亮，可见打磨之技艺无人能比。我注意了一下那件苇席残片，上面的纹路、图案和现在的苇席没有什么两样，如出一辙。也许秦人的后代认为祖先的技艺已达到了登峰造极的地步，他们难以超越，就继承了下来，这就是继承秦风吧！

　　窥一斑而见全豹，通过以上三方面我们该佩服我们的祖先吧！我们的先人从那么一个荒凉的陇西山地进入八百里秦川，最后统一六国，这都是有原因的。当然这是后话！

教育的柔性化之我见

中午放学后打开电脑，被凤凰网披露的一则消息震惊：2013 年 9 月 14 日中午，江西抚州一所高中的一名高三学生将他的班主任杀害。案件发生的经过是这样的：学生雷某在课间玩手机，被班主任孙老师发现后将其手机没收，并说要告知其家长。学生雷某情急之下，趁孙老师在办公室休息时，趁其不备，拿出早已预备好的水果刀在孙老师的颈动脉上一抹，孙老师哎的一声倒在血泊里，等同事叫来医生时，孙老师已经死亡。

对于我们教师的教育对象大部分是独生子女这一现实，我们的教育工作者今后应该怎么办呢？根据自己从教 10 多年的经验和对教育的理解，谈以下几点，供广大同仁们参考，不对之处请大家批评指正。

一、批评学生要"和风细雨"。学生犯了错误，要对他们"晓之以理动之以情"，这样他们就会接受你的批评，如果对他们进行"疾风暴雨"式的批评，会适得其反。因为年龄大一点儿的学生，他们的自尊心极强，过激的语言可能会令他们难以接受，他们的反应表现在语言上也可能过激。这样双方可能产生语言冲突，甚至肢体冲突。

二、学生犯了错误不要在全班同学面前去批评他们。你可以不点名地泛泛而谈。不遵守纪律的学生会知道老师正在说自己，这样既给了学生"面子"，也达到了教育的目的。下课以后，再把犯错的学生叫到办公室，面对面对其说服教育。

三、对于行为比较顽劣的学生，我们的教育要有耐心。"玉不琢不成器"，教育学生也一样，是需要下一番功夫的，不能一蹴而就，因为他们已经"顽劣成性"。一次不成，两次，两次不成，三次，长期关注他们。把他们叫到跟前，循循善诱地劝导，促膝谈心，分析他们的错误，并预测它的危害性和严重性。他们毕竟是学生，处于身心发展期，会被感化而变成好学生的。

四、善于发现捣蛋学生身上的闪光点。"尺有所短，寸有所长"，再不好的人身上都有优点，更何况是可塑性很强的学生呢！我们发现文化课不好的学生往往有很多特长，有的学生写得一手好钢笔字，有的学生电脑很精通，有的学生是校篮球队的主力队员，有的学生有一副好嗓子。如果我们的老师用"伯乐"的眼光去看这些"千里马"，他们会感激不尽，因为他们的价值终于被发现了。

时代在变，我们的教育对象与 20 年前作为学生的我们

教育的柔性化之我见

完全不一样了，如今的他们是一群个性张扬、我行我素的"新新人类"，如果对他们的教育方式不改变，那么还可能发生意想不到的悲剧。

倔强的妹妹

　　星期五晚上正在月考，父亲突然打来电话，说我妹妹来家里住了五天，给他收拾了屋子，做了饭、蒸了馍。从语气里我可以感到父亲很是欣慰，我也很感激妹妹。母亲15天前去给在铜川的弟弟看小孩了，我又不经常回家，所以父亲平时的吃饭就成了问题，尤其是蒸馍。妹妹的到来，给父亲帮了大忙。说起妹妹，我其实是有好多话要说的。

　　妹妹在我兄妹四人中排行老三，记忆里，她小时候就很懂事。那时父亲既要养活一家六口人，又要供我和妹妹、弟弟读书，肩上的担子很重，再加上家里当时给我定了娃娃亲，女方家催着要彩礼，困窘中家里终止了正在上初一的妹妹的学业。妹妹爱读书，学习好，是舍不得离开学校的，为此她偷偷地哭过，学校的领导也表示遗憾。按照母亲的说法，妹妹是能考上学的，我也这么认为。所以至今我都有点儿愧疚感。

　　退学后妹妹帮家里干了几年农活，后来跟同村、邻村

的伙伴去西安、新疆打工。在我的记忆里她独自一人从新疆回来了几次，又去了几次，给家里也寄回了不少钱。当时我在咸阳师范上学，妹妹给我寄了1000元，我挺佩服她的。就是在新疆，她认识了她现在的丈夫。当时在和他恋爱的时候，妈妈就问她，是否觉得他人很好，要她慎重，不要后悔。妹妹一口咬定就是他了，绝不后悔。结婚后，因为家务事，也因为妹妹的脾气，曾经被丈夫打过几次。家里人都很气愤，我也一样，也有过让妹妹离婚的念头，但是都有了孩子，离婚不是那么简单的。就这样一直过到现在，她已经35岁了，是三个孩子的母亲了。本来要两个孩子就可以了，男方家里两代单传，非要个男孩不可，第三个孩子是男孩，终于圆了家人的愿望。

妹妹是见不得妈妈和爸爸辛苦的。她常常给爸妈说："家里现在不比往常了，我哥和兵团（我弟）都上班、成家立业了，你们该享享清福了！"妈妈固执己见，说家里还要盖房，用钱的地方多着呢，怎么能歇下来？她们母女俩常为此事吵架，吵架后妹妹就急匆匆回婆家了，母亲就又生了一肚子气。每到这时，母亲就骂："鬼女子，你跑下来干什么（我家在沟底，妹妹婆家在塬上）？光惹我生气！"记得有一次妹妹回娘家，又为爸妈该歇下来的事吵起来，气得妹妹一边往外走一边说："你老死，臭在炕上，我都不管了，我再不来家里了！"说完扬长而去。气得母亲直跺脚，口里还骂着："我遭了啥罪了，生下这么个鬼女子？要了四个娃没一个好东西，光惹我生气！"但没过几个月，妹妹又来看爸妈了。

妹妹不管是在外打工，还是在家里看孩子，每次来家里都要给母亲钱，即使自己家里经济很拮据。如果长期在外打工回来一定给爸妈买东西，母亲外出穿的短呢子大衣是妹妹买的，母亲现在穿的皮鞋也是妹妹买的。每年正月初五家里待客，妹妹来得最早。她一来到家里不是帮母亲下面，就是切菜，忙碌个不停。

今年春节走亲戚时，妹妹给我说，她整天在家里看孩子，无聊透了，想去外面打工，透透气。我劝她说："等孩子大点儿，再出去吧！"那天我俩走在路上，我把借了她快20年的1000元钱还给了她，真有些惭愧。今后在生活上我和弟弟要好好帮助她一把！

小　吉

　　小吉名叫吉伟民，来自司马迁的故乡——韩城。1996年，我们是师专的同学。他一米七左右的个子，脸黑黑的，爱笑，一笑露出两排洁白的牙齿，很整齐。入校报名，办完了一切手续，我和父亲扛着沉甸甸的铺盖一进308宿舍的门，小吉就微笑着说："你们也来了！"问得我手足无措，从此我们就认识了，开始了同学的历程。

　　小吉的家庭很富有，父亲是做花椒生意的，把货远销到兰州。所以，他的手头经常很宽裕，只要看上的东西，比如练习英语听力的短波收音机、衣服、皮靴，说买就买，毫不犹豫。我们的一日三餐是解决温饱的，他就不同了，而是讲究营养，每天的午餐，少不了大肉。我和几个来自北部山区的同学和他就不能比了，但我们相处得很融洽。一开饭，宿舍里八个弟兄围坐一起，狼吞虎咽吃起来，吉伟民不吝啬，把自己的肉菜往桌子中间一放，大家共同享用。

他又是一个热心肠的人。一个星期六的下午，我在操场不小心把脚崴了，吉伟民看见了，没说二话，背起我冲向了宿舍。

小吉学习很用功，人也很聪明。听说当年是因为考试发挥失常，要不然早上本科院校了。是金子总会发光，他的优势在专业上就体现了出来。例如在外教上的英语课上，我们只能听一个大概，他就能全听懂，并且能流利地和外教对话。就连 BBC 的每日新闻，语速特别快，小吉都能听出个所以然，我们好羡慕啊！

小吉学习是用功的，每当其他同学不想去上晚自习时，他都会去。在这里插一个有趣的故事。小吉在高中时有一个女朋友，当年考上了西北民族大学，在甘肃。有一年，她专程来到师专看望小吉。我们一见，他的女朋友漂亮极了，高挑的个子，白皙的皮肤，樱桃小嘴。我们大家都羡慕死小吉了，女同学更是自愧不如。小吉一有空也带人家在校园里转悠，但是一上课或者一上自习，就让人家一个人待着，自己去教室了。就因为这，同班的女同学没少说他。学习在他心里是第一位的，所以师专的第二年，他因为成绩优秀，被保送上了西安外院。虽然高升，但没有忘记他的老同学，每逢周末他都来师专转转。1999 年 7 月，我们毕业了，回到了各自的故土。而小吉就不一样了，毕业后选择的余地就大了，可以去大城市的中学当老师，但他没去，去了咸阳偏转集团。那几年，偏转集团的效益特别好，产品大部分出口。他陪伴老总经常往返中国和欧洲

之间，鲜红的领带搭配一袭高档西装，站在老总一侧，自如地与外商用英语交流。外商对他的英语频频颔首，不时地伸出大拇指："You speak English very well."（你的英语讲得很好。）好景不长，没过几年，偏转集团的效益直线下降，最后几乎要关闭了。这时的小吉审时度势，果断辞职了。

辞职后的小吉，干过许多工作，都是和英语有关的。2005 年前后，在咸阳，我见过小吉一面。人变化不大，仍黑黑的，见人仍带微笑，不过显得沉稳了许多。2015 年夏，同学乔迁新居，我去祝贺，在同学的新家，我又见到了吉伟民。这时的他有点儿发福，肚子隆起，头发剪短了，也有点儿稀疏。老同学相见分外亲切，他握住我的手，一个劲地说："老樊，你胖得我都认不出了！"接下来我们谈了各自的经历。从中得知，老吉现在在西安北郊一家法国人开的公司任职。这家公司是生产飞机零部件的，效益特别好，月工资 7000 元，国家节假日照常休息，老板时不时组织他们员工包机出去旅游。

老吉现在有一个女儿、两处房产，家住咸阳，每天往来西安咸阳之间，小日子过得好不自在。

老　伴

　　薛明仁老人刚过 70 岁时，老伴病危，弥留之际，老伴牵着薛老汉的手，意味深长地说："老头，我知道你脾气倔，要是和儿女们过不到一块儿，就再给你找一个，别委屈了自己。"老人的儿女们各自成家都住在城里，母亲去世后儿女们就把老父亲接到他们那里去住。老人去住了一阵子，总觉得不习惯，老是怀念和老伴一起生活的日子，就又回到了他的小县城，儿女们谁也拦不住。

　　薛明仁自从结婚以来，和老婆就没分开过，不管他的工作怎样变动，老婆总是如影随形，做饭洗衣，把丈夫照顾得无微不至。说来也怪，虽说老婆是一个大字不识几个的农民，自己是一个吃国家饭的干部，但是在生活中他们配合得是那么默契，从没拌过嘴，就更别说吵架了。老伴一下子去世了，一个人孤零零生活在县城，薛明仁真觉得生活难熬。这时候老伴的遗言又在他的耳边回响，他有些心动了。

老
伴

　　离县城不远，有一个杜家村，村子里有一个半老徐娘，姓王名秋燕，50来岁，丈夫死得早，她一个人把一双儿女拉扯大，女儿出嫁了，儿子娶了媳妇，现在王秋燕自己也是当奶奶的人了。苦日子终于熬到了头，该享福了，回望着以前的苦日子，憧憬着美好的未来，秋燕心里美滋滋的。但幻想总是和现实有差距，小媳妇刚过门，还一口一个妈地叫着，等生了孩子，态度大变，称呼中没了"妈"，只"你、你"的喊，"你抱一下孩子""你给孩子买药去""你做饭去""你洗衣服去"。王秋燕的身份一下子变了，从一个无可争辩的主人变成了一个被人随意差使的仆人。这是她难以接受的，也是万万没有想到的。更有甚者，一天媳妇竟然这么说："你看你年纪也不怎么大，整天闲坐着，也不出去打点儿工挣点儿钱，想把你儿挣死！"王秋燕听到这些，眼泪往肚里流。想当年丈夫去世时，自己才40岁，凭自己的长相和人品，再找一个人家是不费吹灰之力的，但是为了两个孩子不遭人白眼、不受人欺负，她没有再嫁，谁想把孩子养大后竟是这样的下场。想到这些，王秋燕心凉了半截。

　　薛明仁为度过余生寻找着生命中的另一半，王秋燕为跳出苦海正寻着再嫁。两人经人介绍，见面后没多长时间就领证结婚了。"爱人者人恒爱之"，薛老头像对待前老伴一样对待着新老伴王秋燕，王秋燕像薛老头的前老伴一样服侍着薛老头，做饭、洗衣、聊天、散步，无微不至。自从有了新老伴，薛明仁精神焕发，衣服总是干干净净、平平整整。夏天，老人戴着一顶太阳帽，穿着干净整齐的白色衬衫，被王秋燕搀扶着，见人，总是微笑，无比幸福；冬天，老人一顶黑色的鸭舌帽，穿一件崭新的皮衣，在阳光明媚的日子，被王秋燕搀扶着在广场上活动。这对老夫少妻成了人们茶余饭后谈论的焦点，尤其是老年人。一个说："看这薛老汉多有福，老伴生前对他那么好，没想到新来的也对他这么好，人家真有福。"一个说："王秋燕在自己家被媳妇嫌弃，跟了老头享了福。"又一个说："我看王秋燕做得对，出来了享福，要不然待在家里，说不定要被她那妖精媳妇折磨死！"人们说啥的都有，但全部都是羡慕和赞美的话语。在人们的羡慕中这两位老人幸福地生活着。

终于有一天，王秋燕的儿媳妇坐不住了，她羡慕嫉妒她婆婆现在的生活，抱起孩子来到了老人家。"妈，你光顾着你在这里享清福，你孙子你该管管！"

说着把孩子一扔，准备离开。这时候薛老头发话了："你妈身体不好，不能给你看孩子，会把她累垮的，你把孩子带回去。"无奈，王秋燕的儿媳妇灰溜溜把孩子带走了。

时间过得真快，不知不觉，俩人已在一起生活了四年。四年中这两位老人的生活是平静的、和谐的、美满的。在

老伴

城里生活忙碌的儿女对他们的父亲放心，父亲被一个贤惠、能干、体贴人的后妈照顾着，他们怎能不放心呢！

生老病死，人之常情。74 岁的薛明仁老人患半身不遂，躺在了床上。王秋燕的负担更重了，不但要照顾老人的吃喝拉撒，还要充当一个护士的角色，接屎、端尿、翻身、喂药，她样样都要干，忙得不可开交，但她从没有一句怨言。每当薛明仁的儿女回家看望老人，走进父亲的房间，他们闻不到臭烘烘的气味，看不到凌乱不堪的场景。看到这一切，做儿女的还有什么说的呢？自己对父亲又做过多少呢？半年后，薛明仁在弥留之际，紧紧握住新老伴的手，含着眼泪，深情地对老伴说："秋燕，和你结婚这四年多，我是最幸福的，可把你累得不轻。我走后，你不要回家，就在我这房子住下。我叮嘱过我的儿女，他们会为你养老送终的。"交代完，薛老头就咽气了。安葬了老人，几个儿女遵照父亲的遗愿，让他们的后妈住下来。王秋燕说什么也不愿意，无奈，几个儿女商量后，把国家给父亲的丧葬费五万多元悉数给了这位后妈。王秋燕难以推辞，收下后还是离开了薛家。

老　四

　　老四是父母最小的孩子，在兄弟姐妹中他排行老四，小我六七岁。他中等个儿，小时候视力很好，现在也架起了一副眼镜，显得有点儿斯文。老四的脸上总挂着微笑，见到生人是这样，熟人更是如此，显得"人小鬼大"。

　　作为一个男人，他很有主见，凡是自己认准的事儿，他都会付诸行动，十头牛也拉不回来。记得他上高三时，和我住在一起，一来为了生活上能方便一点儿，二来在学习上我可以给他帮助，这是父母亲和他自己的初衷。谁知情况并不是这样，我懒散的性格决定了我不能按时给他做饭，即使做饭了，那么洗碗的事总是他来做，学习上给他指导的也少。他本来学习基础就不牢固，再加上我的影响，结果那年他落榜了。我住的地方在二楼，学校教导处在一楼。记得高考分数出来的前一天晚上，躺在对面床上的弟弟怎么也睡不着，在床上辗转反侧，弄得我也无法入睡。凌晨4点多钟，高考成绩回来了，惊恐的弟弟不敢亲眼看

自己的成绩，让我代他去看。当我把落榜的消息告诉他时，他失望至极，差点儿哭了，直到天亮只听见他翻身的声音，并无鼾声。我想安慰他一下，一想到他本人正在气头上，所以就放弃了。天刚一亮，老四早早起来整理好他的书本和铺盖，声音颤抖着说："哥，我回家了，下一学期我打算到乾县去补习。"我急忙挽留弟弟，让他下学期就在这儿上。他说什么也不同意，就这样灰溜溜地回家了。最后，我通过父母亲去说服他，也未能如愿。

第二年在乾县补习，他告诉我每天晚上 12 点之前就没睡过觉。利用周末时间，我去看过他几次，他每一次不是在教室里做功课，就是在宿舍里复习。看到这情景我有点儿心疼弟弟，差点儿落泪。功夫不负有心人，他终于考上了，那年是 2003 年，我记得很清楚。弟弟把这一消息第一时间告诉了我。填高考志愿时，他选的是"电气工程与自动化"专业。在南方上了四年大学，在大学毕业前，他就把工作签了，在一个地级市的火力发电厂，工资待遇是月薪 4500 元。

2007 年 9 月份他就正式参加了工作。因为他善于与人相处，所以很快就与同事们打成一片，上司也喜欢这个农村来的小伙子。天有不测风云，随着国家对煤炭价格的调整，火力发电厂的生产成本加大，职工的福利待遇也大幅下降。到 2012 年，他们的月薪降到了 3000 多元。去年他就有换一个工作的想法，当时征求我的意见时，我就因他妻子马上要分娩，劝其放弃这个念头。然而没多久他告诉我他已经去一家企业应聘了，彼此感觉不错。没等一个礼拜，他兴奋地告诉我，用人单位通知他 10 月 8 日前去报到，叫我先不要把这消息告诉父亲（我母亲在弟弟那儿给他照顾孩子，已经被他说服了），他回来亲自给父亲说。报到前两天弟弟回家把换工作的事给父亲一说，父亲立刻火冒三丈，骂道："丢下现在这么好的工作不干，为啥跑到那么远的地方？……"等父亲气消了点儿，我劝他老人家，"爸，他还年轻，正是奔事业的时候，等到他原先的工厂不景气，再想到离开，年龄又大了，谁还肯要他？'树挪一步死，人挪一步活'，就让他奔自己的前程去吧，平时我多回来几趟看看您老人家，您实在想您小儿了，让他多回来几次，再不行，咱们坐飞机去他那里。"经过我和弟弟的劝说，父亲勉强同意了。这几天和他通话，他告诉我那边环境确实不错，工资待遇也令人满意。

我们哥俩关系很好，他也爱我这个大哥，彼此心里有什么烦心事，通过电话聊聊，心里就好受了许多。有时候他回老家，兄弟俩一边喝着小酒，一边叙叙旧，真是一种享受。作为弟弟，他尽自己一切的能力来帮助我这位大哥。2002 年我结婚，前一天晚上两辆婚车停在门前。匆匆从乾县补习班回来的弟弟和他的同学看我的婚车不太干净，顾不得歇一阵子，端起脸盆，拿起抹布，从头到尾把车擦洗了一遍，两辆车顿时焕然一新。第二天婚宴上，他又是端盘子，又是倒垃圾，忙得不可开交，第三天天一亮就又和同学匆匆返校了。

老四

149

2007年暑假，我装修房子，大学刚毕业回来的弟弟又挽起袖子，端起漆碗，给我刷起暖气管来。当年冬季，他用自己平生挣的第一份工资给我买了一台电脑，现在我还用它写作。

想起弟弟，我就想起家事；说起家事，真是难以启齿。父母从小告诉我们兄弟要搞好关系，再不要像他们那辈人那样。一娘所生，彼此身上流着相同的血液，何必要形同陌路人！常言道，"兄弟阋于墙，外御其侮""兄弟齐心，其利断金"，何乐而不为？

李林的烦恼

这几天李林特别烦，恼人的事情一个接一个。

那天在设计院，李林正在设计一份图纸，突然电话响了。他一接，乡下的大哥通知他，父亲病了，叫他火速回家。他二话没说，扔下图纸，开起汽车，就往家里赶。父亲今年70岁了，在乡下一直和大哥住着，要说身体还算硬朗，挑水、烧炕，自己都能做。每次回老家，他都邀请老父亲去城里住，老人去了，没几天就嚷着要回家，说住城里太闷，他们两口子白天上班，孩子上学，家里就剩他一个。以后也来过几次，就是住不长。没有尽到孝道，总让李林难以释怀。李林是父亲最小的儿子，母亲去世的早，父亲一手拉扯他长大，并供他上学。最后他还算争气，考上了一个理工类大学，毕业后分配到西安一家建筑设计院。今年刚过不惑之年的他是院里的顶梁柱，领导准备提拔他。

一路颠簸，等回到老家已是晚上。顾不得吃饭休息，兄弟俩赶紧把父亲抬上车，就往西安奔。来到西京医院，

排队、挂号、检查，忙了几个小时，总算让父亲住了下来。不看不知道，一看吓一跳，父亲得的是急性脑溢血，头脑渗血面积较大，挺严重的。医生告诉他，需做好长期治疗的准备。李林和大哥一听，一下子就蔫了。

"这可咋办？我家的七亩果园就要疏花了！"说着大哥蹲在了过道上。李林其实和他有一样的难处——工作忙，有时忙得不可开交，不能每天来照顾父亲。想想自己的难处，看看大哥为难的样子，李林手托着下巴沉思着，在过道里踱来踱去，最后在大哥跟前停了下来。

"哥，你看这么着好不好，咱们请一个护工，所有的钱我掏。这几天你先待在医院，随时等待医生的召唤，晚上我来换你。等父亲的病情稳定下来，你再回家。"

"看来只能这样了。"哥摸了一下头，叹息道。安顿妥当，李林就回家了。

回到家，已是午夜时分。妻子还没睡下，等他回来。

"爸病情怎么样，严重吗？"妻子柳萍小声问着躺在身旁的李林。

"是脑溢血，挺严重的！"等她再想问时，李林已经呼呼大睡了。看着李林劳累的样子，她给丈夫轻轻拽了拽被子，关掉灯，也躺下了，睁着眼，怎么也睡不着。

回想起十七八年前，李林刚来院里，土里土气的，和女孩一说话就脸红，她在心里骂他"乡巴佬"。工作上慢慢接触，她发现李林为人老实，工作勤奋，就爱上了这个农村来的后生。但是她家里人反对她和李林谈恋爱，嫌李林是农村来的，从小没了娘，怕他性格上有缺陷。是她顶住了父母的强烈反对，一年后他们结婚了，第二年有了儿子李凡。儿子现在已是高中二年级的学生。现在的李林也不再那么年轻了，浓密的头发也有些稀疏了。再看看自己，也变成了中年妇女，体形变胖了，脸上出现了皱纹。

想着这一切，柳萍不禁叹息起来："两口子一路走过来，真是不容易。李林就这一个老人，母亲去世得早，从小失去了母爱，怪可怜的，现今父亲又病了，得想法帮帮他。"

第二天，柳萍起得很早，熬了小米粥，嘱咐李林上班的路上给父亲和大哥送过去。中午刚一回家，柳萍从包里掏出两沓百元大钞，递给李林："这钱你拿去，爸住院用得着！"李林没说什么，接了钱，其实他心里是很感激的。晚上，他们夫妻俩一起去了医院。

10天后，哥急着要回家，李林给父亲请了护工——一个中年妇女，人干干净净，干起活来很利索。两人谈了价钱，李林说明了父亲的病情后，女护工就工作了。李林一下子感觉到轻松了许多。可是好景不长，没过几天，李林刚一来医院，女护工急忙来到她跟前，委屈地说："大哥，照顾大叔的事我干不了。大叔他不配合我的工作，他不让我喂饭，硬要自己吃，经常把饭撒在地上。他不让我碰他，每次他大小便，我给他解裤子，他不让我管，硬是自己弄，结果把床都弄脏了。说一句你不爱听的话，这老头真倔！"

李林好言相劝："你不要生气，我父亲就这脾气，一个

人自理惯了，怕麻烦别人，也怕羞。我去劝劝他，你别生气。"说着李林走进了病房。

父亲得了脑溢血，人有点儿呆滞，但是看见儿子李林走进了病房，脸上挤出了僵硬的笑容。李林是生气的，他走到父亲跟前没有回应他的笑容，而是生气地说："爸，人家小李是专业护工，你怎么不让人家服侍您？"听了儿子的话，父亲一个劲地摇头，一脸地不高兴。李林看见父亲生气了，也没敢再说下去，拿起毛巾和洗脸盆就出去了。不一会儿端来一盆热水，摆了摆（方言：意为轻微搓洗一下）毛巾，从头到脚给父亲擦洗起来。擦脸好说，等到擦身子，他先要给父亲解扣子，翻身。一阵折腾，出了满身的汗！父亲享受着儿子的服侍，没吭一声，也没有一丝的抵触情绪。

给父亲擦洗了不大一会儿，又到了吃午饭的时候了。李林急急忙忙去医院灶上给父亲打来饭。为了加强营养，他武断地多弄了几份蔬菜。给父亲喂饭时，他老人家一个劲儿地摇头，示意不想吃这菜。李林再喂一次，老人还是摇头。这次李林火了："怎么这么难伺候！不吃菜病怎么能好利索？"说着，把饭放在了一旁，人站起来，走到窗边，往外看。约莫五分钟的样子，李林回过身发现父亲愣愣地坐着，头低着，嘴里还咀嚼着食物，像一个做错事的孩子一样。一时间，李林认识到了自己的粗鲁，又走到床前，端起饭碗，给父亲喂起来。这一次他没有再强迫父亲吃菜。

大哥回去了，父亲又不配合护工，李林只好请假，在医院伺候父亲。父亲的病不但影响了说话，还影响了走路。现在父亲行走，腿打战得厉害，必须人扶着。医生说要加强锻炼，所以，李林服侍的范围又扩大了——扶着父亲走路锻炼。从小到大，只别人伺候自己，他还没有伺候过别人，这一次轮他伺候生病的父亲，对他来说真是个考验。

"脚踩下去，给前迈步！"晚饭后的时间，在楼道上，总能听见李林这样的声音。

李林一个人服侍父亲，他觉得累，也不经常回家；得空回家，一头栽倒就呼呼大睡起来，根本顾不了家里其他事情。一天回到家，妻子柳萍没等李林睡着，就对他说："儿子学习成绩下降得厉害。我今天去学校开家长会，老师批评我像批评学生似的，当着那么多家长的面，我觉得好没面子。"

"儿子以前成绩不是很好吗？怎么一下子就下降了？"李林惊愕地问道。

"以前是好，可这一段时间，父亲病了，咱俩光顾了父亲，把孩子疏忽了。他趁这空隙，偷偷地到网吧上网。"

听了妻子的一席话，李林很生气，想对妻子发火，但又忍住了。他太累了，没再说什么就回房间睡觉了。下午六点半，儿子放学回家，一听到门响，李林就从房间出来了。

"李凡，你过来！"儿子低着头慢腾腾地走近父亲。

"我问你，这几天是不是趁着我和你妈忙着照顾你爷的时候，你偷偷去网吧了？"李林强压着心中的怒火，问道。

"我这……段时间……去了几趟……网吧!"李凡回答着,不时地看父亲的脸。说实在的,从小到大,虽然父亲没怎么打过他,但是一看见父亲那张严肃的脸,他就有点儿胆怯。

给儿子讲了一些道理,李林就又到医院去了。时间和精力不容许他再多一个烦恼。

给父亲洗脸、擦背、喂饭,搀扶老人走路,是李林在医院不变的工作。一到晚上,父亲一睡下,李林趴在父亲的床沿边就睡着了。有一天晚上,父亲半夜醒来,看见儿子睡在床沿,他没有打扰他,静静地躺着,注视着儿子,眼睛湿润了,挣扎着想用手抚摸儿子的头发,又缩了回去……

第二天,当李林给父亲喂饭时,老人家一个劲儿地说:"小子,你……去把……那护……工叫来!"李林一惊,忙问道:"爸,您是说让护工照顾您?"父亲点了两下头。

李林找到护工,把老人家的意思一告诉她,她便答应了下来,第二天就来上班了。不几天,大哥忙完了农活,也回到了医院……

临夏赋

祖国西北，陇上腹地
东临洮河，西倚积石
南靠太子，北邻湟水
面积八千多平方千米，人口二百多万

大河之州，历史悠久，经济繁荣
黄河上游，大禹治水，导河自积石
两千年前，秦汉王朝，始设县置州
丝绸之路，茶马互市，在此处交会

回族、汉族、藏族，各民族和睦相处
羊肉、牛肉、拉面，众美食丰富多彩
酿皮子、羊肉泡馍、东乡手抓肉，尝一口教你回味
无穷
拉碗子、河沿面片、广河甜麦子，吃一回让你流连

忘返

佛教、基督教、伊斯兰教，中外宗教大放异彩

教坊、清真寺、八坊民居，中西建筑相得益彰

园林风韵浓厚，大拱北优雅华丽，冠回民建筑之最

伊斯兰教圣殿，老华寺重放异彩，称宗教殿堂典范

彩陶之乡，砖雕之乡，木刻之乡，穆斯林智慧之乡

牡丹之国，花儿之国，彩绘之国，伊斯兰风情之国

十里牡丹长亭，姹紫嫣红，红红火火

千亩刘家水库，碧波荡漾，浩浩荡荡

莲花山，峰峦叠嶂，引得游人纷至沓来

松鸣岩，松涛阵阵，送来一派世外景象

积石关，关隘险要，危石险峰有坍塌欲崩之势

太极湖，湖光潋滟，景色秀丽可堪比西湖之美

民风淳厚，养育百代英雄，征战沙场，腾龙跃凤

山河壮丽，造就万世豪杰，叱咤风云，翻江倒海

家喻户晓，肖福禄武艺超群，治军有方，体察民情，
确保一方平安

震惊中外，马福禄临危不惧，身先士卒，抗击八国联
军于正阳门

王公度开仓放粮，心系百姓，受万代敬仰

马国珍为民请愿，爱国爱教，被世人尊重

马鸿宾顺应时势，率军起义，致力于民族团结

马仲英少年有为，自拉队伍，驰骋于甘新两省

喇震洲爱国拥军志坚定，人民赞叹
马耀良雕刻葫芦艺精湛，令人叫绝

处处胜景，步步文明
万粒珠玑，个个辉煌
山俊美，山山荡我心胸
水浩荡，水水唤我诗肠
祖国改革开放，临夏繁荣富强！

麟游一游

从永寿出发，汽车行驶在弯急坡陡的盘山公路上，使人不免有些头晕，一时旅游的兴致锐减，萌生了退缩的念头。蓦然望向窗外，沟壑间、山坡上、公路旁，到处是翠绿的洋槐树，把个黄土高坡遮蔽得严严实实，形成了一片郁郁葱葱的林海。这时头晕被绿色带来的兴奋所代替，一路的颠簸伴随着绿色，不多时我们就到达了目的地——麟游。

麟游县城坐落于一个狭长的川道里，周围群山环绕，主街从东通向西，街两旁是高大的国槐，浓密的枝叶挡住了炙热的阳光。行走在林荫道上，使人备感丝丝凉意。时值夏末秋初，淡黄色的国槐花撒落了一地，整条街弥漫着浓郁的槐花香。街道两旁是整齐划一的现代化建筑，不很高大，却很别致。街道上人不多，噪声也很小，显得安静祥和。怀着好奇之心我问了一位当地的老太太，她微笑着告诉我他们全县只有10万人口，怪不得如此安静。永寿

20万人口，彬县40万，乾县50万，回想周围各县的人口，我真为麟游叫好。中国什么都缺，不缺的就是人。人满为患的大城市，拥挤的人群，川流不息的车辆，巨大的噪声，使人真想逃离大城市的生活，寻觅一个世外桃源的雅静之地。麟游可以满足人们的心愿，在主街的南边是一条河流，溯源而上就到达了九成宫公园。

县城西头群山逶迤，千山余脉在这里分岔，从山林里流下来的水在这里形成了一个湖泊，享誉全省的九成宫公园就建造在这里。公园依山傍水，公园与湖泊由一条蜿蜒的栈道相连，行走其上不时有古槐、白杨从中间冒出。拾级而上，一步一景，亭台楼榭随处可见，花草树木星罗棋布，枝繁叶茂：或松柏，或杨柳，或国槐，或月季，或山菊，或玫瑰，争奇斗艳。到达山顶又是另一番景致：白墙红瓦的避暑山庄掩映在苍松翠柏间，山风过处，松涛阵阵，迎面而来的习习凉风使人顿时忘却了夏日的酷热。难怪隋唐两朝皇帝把避暑之地选在这儿，有山有水的地方能不凉快？站在山巅，放眼向北望去，一座座楼宇宫殿映入眼帘，那就是新建的九成宫。

九成宫是隋唐两朝皇帝的离宫，是皇家的避暑休闲之地。古人选址在这儿是经过一番考量的，据史料记载，麟游历史悠久，秦统一六国后即设县沿袭至今。隋唐时期四位皇帝21次驾幸麟游消暑，使麟游一度成为全国的政治文化中心。麟游自然条件独具特色，史料记载："麟游县位于长安西北320里，镇头在'万叠青山但一川'的杜水之

阳。东障童山，西临凤凰，南有石臼，北依碧城，天台山突兀川中，石骨棱棱，松柏满布。三伏天气温平均在21.8摄氏度，微风徐拂，芬芳馥郁，沁人心脾，实为消夏之佳境。"古籍上也记载，隋文帝杨坚登基后命右仆射杨素为总监，督调数万人修建仁寿宫（九成宫）。在东至庙沟口，西至北马坊河东岸，北至碧城山腰，南临杜水北岸筑了周长1800步的城垣，还有外城（又叫僚城）。内城以天台山为中心，冠山筑殿，绝壑为池，分岩竦阙，跨水架桥。杜水南岸高筑土阶，阶上建阁，阁北筑廊至杜水，水上架桥直通宫内。天台山极顶建阔五间深三间的大殿，殿前南北走向的长廊，人字拱顶，迤延宛转。大殿前端有两阙，比例和谐。天台山东南角有东西走向的大殿，四周建有殿宇群——大宝殿、丹霄殿、咸亨殿、御容殿、排云殿、梳妆楼等。屏山下聚杜水成湖（时称西海）。隋亡唐兴，贞观五年（公元631年），唐太宗李世民下诏改仁寿宫为九成宫，派将作少匠行本总修茸九成宫，增建禁苑、武库、官署。"行素惜民力重节俭，以勤济著称，在受任后去其太甚，茸其颓坏，杂丹墀以沙砾，间粉壁以涂泥，玉砌接于土阶，茅茨续于琼室"。开成元年（公元836年）一场暴雨，冲毁了九成宫正殿，营造至水毁历241年。今九成宫遗址地面上仅存《醴泉铭》《万年宫铭》两通记事石碑和近年考古工作者发掘出的殿、阁、廊基、柱石、水井等遗迹。从九成宫兴衰的历史我们不难看出，隋朝两任皇帝的骄淫奢侈、好大喜功、滥用民力导致了隋朝的早亡，而唐太宗的善于纳谏、极度节俭、爱惜民力，保证了唐朝延续了数百年，这正应了"成由勤俭败由奢"这句古训。漫游现在这复原了的九成宫，瞻仰"金笔书揽"毛笔形状的宏伟雕塑，我仿佛目睹了1000多年前贞观之治的辉煌，仿佛看见了欧阳询泼墨挥毫的洒脱。两相对比，我更感到21世纪中国的强盛，再现历史只有在今天才能办得到。

游览了整整一个上午，我们依依不舍地离开了九成宫，回到市区坐在小餐馆。面带笑容的服务员，操一口地道的西府方言，热情地招待我们，满满一大老碗荞面饸饹，一个大饼内加着满满的肉，让你着实感到麟游人的淳朴、实在。

麟游，值得一游！

母亲与牛

　　母爱是伟大的，提到母亲，我有许多话要说。我的母亲是一位实实在在的农民，是"地主"的女儿。1969年母亲"下嫁"给我父亲，从此她就开始了辛勤的后半生。从我们兄弟姐妹四人出生到成人，为了一家人的生计，她就没享受过半点儿清福，整天为这个家操劳着。任劳任怨可以说是母亲最大的美德，足够我受用一生。

　　母亲是一个好强的人，不甘贫穷，决心用自己勤劳的双手来改变它。农村刚实行联产承包责任制那会儿，我家人口多，一贫如洗。为了度过这艰苦的岁月，父亲和母亲商量后买了一头母牛。因为母牛能产子，当时牛犊价钱也好，所以买到母牛后，母亲就分外珍惜，可以说把全部的爱和精力投入到母牛身上，希望它快快长大，多多长膘，好生一个母牛犊（因为那时母牛犊值钱）。那半年多时间，时常看见母亲背着草背篓，辗转在田野和家之间。功夫不负有心人，勤劳的汗水终于换来了丰硕的果实，母牛产子了，正好生下一头胖墩墩的母牛犊。"初战告捷"，这下把家里人给乐坏了。小牛犊被母亲视为掌上明珠，在它还没到一个月大的时候，小牛犊除了吃母牛的乳汁外，我的母亲还给她喂黑面做的窝窝头吃。牛圈的清理也加大了力度，以前是一天清理一次，自从有了小牛犊，发展到一天三次。每一次先把牛粪清理出去，然后给湿的地方撒上干土。到冬季时，母亲总要给牛圈的门口织上厚厚的草帘子，以防小牛犊冻着。天特别冷的时候，还要给牛圈拢一堆火。小牛犊在母亲的精心照料下，一个劲儿地长，身体壮壮的，毛色黑红黑红的。牛犊八个月大的时候，果然卖了一个好价钱。从此，我家的情况慢慢好起来了，母亲的喂牛路从此开始了。

有了第一次的成功，母亲的干劲更足了。为了尽快摆脱家里的困境，父亲长年在10里外的料石场做工，所以喂牛的事很大一部分就落在了母亲的身上。在我的记忆里，甚至在邻居的记忆里，母亲永远是和草背篓相伴着。一头牛时，母亲的劳动量还少一点儿，等有了小牛犊，它们的进食量大增，母亲割草的次数就多了，一天要割三四背篓草。早晨起来，母亲先匆匆给父亲做好早饭，还没去上工的父亲帮助母亲把牛拉出去，把牛圈清理干净。等父亲吃完早饭上工去了，母亲才又匆匆背起背篓给牛割草去。急急忙忙割完两背篓草，背回来，人已经是大汗淋漓了。母亲顾不得喘一口气，又要去把牛牵回来，到吃早饭的时候，差不多已经是上午10点左右了。早晨母亲割的草，牛中午

母亲与牛

165

就吃得差不多了，下午母亲还要去割草，所以在从我家门前通向河边的小坡上，总能看见母亲背着背篓跋涉的身影。她脸颊上的汗水像断了线的珠子向下滚落，人累得不停地喘气，时不时地，背着背篓在塄坎上歇一歇。从县高中周末归来的我总能看见母亲这一副模样，甚至以后我上了大学节假日归来，还能看见背着背篓的母亲。每次看到这情景，总使我热泪盈眶。

由于背篓的频繁使用，磨损得相当快，坏了补一补，烂得实在不行了，母亲又买一个新的，在母亲20年的喂牛生涯中到底换了多少个背篓，我真的记不清了。背篓是母亲用之不舍的工具，她永远也离不开，就像士兵离不开枪，就像作家离不开笔，就像鱼儿离不开水，就像鸟儿离不开天空……母亲长年累月地背着背篓，我家母牛一年产一个小牛犊，债务终于还清了，瓦房盖起来了，我和弟弟相继考上了大学。母亲是伟大的！

母亲有一个观点，她总说，再穷，哪怕穷死都要供孩子上学读书。孩子长大有出息了，他们就欣慰了，她的这一切付出也就值了。记得1995年那年参加高考，我落榜了，准备放弃复读的机会回家帮母亲干活。这时候，母亲生气地说："再念一年又何妨？难道回家像我一样一辈子和牛打交道吗？"望着母亲那坚毅而充满希望的目光，我返回了学校。正是在"使儿女将来有出息"信念的促使下，母亲一直辛勤劳作。

母亲不但要在家里喂牛，还要干地里活。那时候，我家里耕种着20亩山地，除了自家8亩土地外，父亲还承包了别人家12亩土地。我记得这20亩土地分布在三个山头上，彼此距离遥远，相距三四十里。每年夏收，割完了这块麦子，又割那块，忙得不可开交。这么多麦子，都是母亲和姐姐一镰刀一镰刀割下来的，没有一丁点儿机械的参与，没请过一个麦客。每一回都是母亲和姐姐收割，父亲和我把麦子转移到山下，最后，一家人把麦子装上车，我在前面牵着牛，父亲驾着车辕，母亲和姐姐在后面推着回家。有一次，夕阳西下，我们像往常一样，拉着一车麦子往家里赶。当来到一个转弯时，突然从树丛里窜出一只野兔，把拉车的牛惊得跑了起来。驾辕的父亲猛地转了一下弯，由于弯转得太急，车翻了，母亲被车尾甩打得掉下了塄坎。谢天谢地，母亲全身的骨骼没有伤着，只是腰有点儿扭伤。我们只好少装了一点儿麦子，让母亲坐在车上回家了。在家里母亲给伤处擦了红花油，吃了止疼片，也没上医院，过了一个礼拜的时间就又下地干活了。

母亲不但勤劳而且善良。每次有什么好吃好喝的，她总忘不了邻居家。每酿一次醋，她都要给每家端上一碗；每一年腊月二十三杀完猪，她都要邀请左邻右舍来家里吃一顿。我和弟弟参加工作后，每次回家带些好吃的，她总要送邻居家一些。每一回碰见上门乞讨的人，她都要给几个馒头，如果正赶上吃饭的时候，总要给他们盛上满满一碗饭。母亲常对我们说，"快乐要懂得与人分享""要帮助在困难中的人"。

母亲与牛

母亲，您应该好好休息了，该歇一歇了，二三十年来您就没有休息过。晨曦初露，当别人还在梦乡里的时候，您已起床给上工地的父亲做饭了；炊烟袅袅，当人们开始烧火做饭的时候，您已经背回了一天第一背篓草。夏天的午后，当人们还在午睡的时候，小河边，烈日下，您正在给牛割草；夏日的黄昏，当人们在大树下纳凉的时候，您正在和父亲给牛铡草。很多时候，您没有像邻居的大婶那样坐下来，拉一拉家常，您永远在"运动"。时光荏苒，一晃母亲已是60多岁的人了，流逝的岁月在她的脸上留下了斑斑痕迹！早年那欢快的脚步，已经是步履蹒跚了，很多年前那双清澈的眼睛到今天已是老眼昏花了。

母亲，您像一头黄牛，一生默默地耕耘。您的恩情，做儿女的我们怎能报答得完呢？

那远去的吊桥

图片上的吊桥美不胜收。从泾河西面的永寿地界延伸到泾河东面彬县地界的吊桥，全长 200 多米。两边是四条钢丝绳拽着，桥面上铺着粗细匀称的洋槐木板，桥下是水流湍急的泾河，桥两头是翠绿的林木覆盖着的绵延起伏的群山。"真是太美了，要是什么时候能亲眼见一下就好了。"望着图片，我心里想着。

去年暑假的一天，妻子的妹妹一家来我家避暑，我提议去看吊桥，于是两家人一同前往。车行驶在蜿蜒的盘山公路上，漫山遍野郁郁葱葱的树木不时抢入眼帘。特别是当我们来到槐山上，站在山顶，放眼望去，连绵起伏的群山，没有一丁点儿裸露的地方，不是林海茫茫，就是灌木丛生。其间不时有山鸟在天空盘旋，野鸡在山间鸣叫，偶尔有山风拂面，送来一缕缕凉意和洋槐花的芳香。此时此刻人融入大自然之中，顿时心旷神怡，如痴如醉，忘记了自己。

　　车在乡村崎岖的土路上颠簸，一会儿工夫，我们到达了泾河边的山顶。站在山巅，极目远眺，一条浑浊的河在谷底翻滚，在峡谷的中央，顺着水的流向，又一座山把河水分成了两半。流向西边的那股水被截流成一个小水库，上面建了一个小水电站。流向东面的这股大支流的水就叫泾河，我们隐隐约约看见上面有条弯弯曲曲的软桥。而下到沟底的唯一山路只有两米宽，两边荆棘丛生。看到这情景，所有来的人都吸了一口凉气，在我的坚持下，我们颤颤巍巍地开车向下驶去，20分钟后终于到达了山底。这里住着十几户人家，名叫焦家河村，好不容易找了一块地方把车停下。我去寻人问路，在村子里转了一圈，发现几乎家家户户门上都挂着"铁将军"。有的人家盖着大瓦房，黑色的油漆木门把整个院子封闭起来；有的庭院残垣断壁，年久失修，封闭的柴扉告诉我，这里已经好久没有住人了。转了好大一圈，终于在一户没有院墙的人家见到了一位老太太，她正盘腿坐在唯一的一间房门口修补着簸箕。老太太抬头看了一眼我们，低下头又干她的活，像什么都没发生一样。我凑到跟前，问她吊桥怎样走，她也没有站起来，用手向东指了指，又继续干她的活了。

　　由于随行的几个人催促，我没有多问，就走开了。我们顺着老太太指引的方向走着，在路中央我们发现了一个不大的警告牌，上面写道：吊桥年久失修，时有危险，请勿通行。"好不容易来了一趟，不能就这么轻易走了"，我们这样想着，绕开警告牌，继续向前走。一路上映入我们眼帘的是一片片梯田，有的是玉米地，有的是红薯地、糜子地……总之，每一样庄稼都长势喜人，预示着今年的丰收。三拐五拐，终于到达了目的地。这的确是一座吊桥，与照片不同的是，桥面上的洋槐木棍并不完整，每隔几步桥面上就有大窟窿；一条直径五厘米粗的水管从对面山上经过吊桥一直延伸到上面的焦家河村。水管锈迹斑斑，时不时地从一些接口处向外冒水。看到这情景，我们几个男的在桥上走了四五米停下，让人照了几张相，几个女士和孩子干脆站在桥头摄了几张影，就匆匆离开了。

回到村庄，我趁其他人洗手歇息的空当，又和老太太攀谈起来。她说这个桥是三四十年前政府为解决他们这个村子的饮水困难修建的。那时候村里人多，水也旺。现在年轻人都出去打工了，有些人在镇上买了房子，有些在县里买了房子，村里就剩下他们几个老人了。现在的水也没以前那么旺了，打开龙头，水流变成了水滴。老太太的话语里带着几分酸楚，但她一直没停下她手里的活。

坐在返程的汽车里，我思绪万千，在我的眼前仿佛出现了几十年前的场面：泾河两岸，修桥的工人们，光着膀子，喊着号子，几十个人排着长队，把钢丝绳搭在肩上，使劲地拽着，微笑的脸上渗出的汗水像断了线的珠子往下掉，但是谁也没顾得上擦……晌午了，各家各户房顶上的炊烟袅袅升起，风箱声此起彼伏。不一会儿人人都端着个大老碗在自家门前一蹲，一个问："娃他叔，你今个吃的啥？"一个问："娃他婶，你今个吃得啥？"乡亲们一边吃

那远去的吊桥

饭，一边拉着家常……仲夏夜晚村边的大槐树下好不热闹，忙碌了一天的乡亲们并没有睡，他们聚集在树下纳凉。男人们嘴里叼着旱烟袋，摇着蒲扇，女人们手里纳着鞋底，嘴里聊着天，不时发出的笑声在夜空里回荡……

这也许是那位老太太所怀念的、在她那孤独的梦里常常出现的场景。

车到达山顶时，在夏日的余晖里，我回首再望那远去的吊桥，它已经模糊不清了。

难忘那片锅盔

70 后的我们，都会记得上学时母亲给我们烙的锅盔。那一个个圆圆的像铁饼一样的锅盔，寄托着母亲望子成龙、望女成凤的希冀，陪伴着我们从初中走到高中，从高中进入大学、走向社会。

20 多年前，我们这些到外乡镇求学的孩子，每逢周末上学去，肩上少不了的是一个大布兜，里面塞满一片片被切成小方块的锅盔。男生一般背着一个包袱，里面装着四五个完整的锅盔。那时的我们正当十六七岁的年龄，正是长身体的时候，饭量特大，自然拿得就多。

锅盔，金黄金黄的，圆圆的，酥酥的，两三厘米厚，样子像斗笠，像锅盖，中间稍微凹陷。咬一口有一股扑鼻的麦香，嚼在嘴里酥软而筋道。因为地域差别，小麦的质量也有差别。一般甘井、渠子、永太、马坊、常宁等乡镇的小麦质量差点儿，烙出来的锅盔就发黑，店头、仪井是永寿县的小麦主产区，小麦质量上乘，烙出来的锅盔颜色

金黄，看一眼就很馋人。所以在我们上初中和高中期间，店头镇学生的锅盔一直是通膳生和县城学生盯梢的首选。他们总是趁你不在，偷几块，好一点儿的向你要，弄得你一周中间断炊，生气之余不得不佩服母亲技艺的高超。其实烙锅盔是我们所有人母亲的绝活。

现在还记得母亲烙馍的情景。前一天，母亲把酵子泡下，第二天早晨和面，把泡软的酵子搅和在麦面里，不断地搅和，不断地加面，最后形成一堆软硬合适的面团。往往这时候，母亲不急着去烙锅盔，而是把湿布盖在面团上，让面饧一会儿。烙锅盔时，母亲先把麦草火点着，再用油把锅擦一下，最后把做成锅盖形的面团对折，轻轻放入锅里，再展开。这时候先前放入的麦草火快要灭了，母亲赶紧跑到灶台给灶膛加麦草，再狠劲地拉风箱。这时候火要跟上，要不然，馍就"牙"了。接下来母亲来回的动作就是不断地翻锅里的锅盔，不断地加柴火，显得很紧张。烙馍得花母亲晌午的时间，周周如此，年年如此。一个学生从初中到高中按六年算，一学年按 10 个月算，一个月按四周算，母亲供一个学生六年要烙近 1000 个锅盔，供两个学生就是近 2000 个！长年累月在案板与锅台间奔走，才练就了一手烙锅盔的绝活，你说，这锅盔怎能不香！

那时的学校宿舍很简陋，可以说男生没有宿舍，只是在教室后面的房梁上吊两根铁丝，在铁丝上绑一根横木，将我们一周的食粮都挂在横木上。中午放学铃声一响，老师刚一走出教室，我们这些男生像饿狼一样都扑向后面的横木，各自取着自己的干粮。一边吃，一边拿着碗，去学校的开水房接一碗开水，端到教室来，把锅盔馍掰成一小块一小块，泡进开水里，再打开从家里带来的一小瓶母亲酿的咸菜或者萝卜菜，放在桌子中间。一时间桌子中间摆了各色各样大小不一的菜瓶子，几个人围坐在一起，你尝这家一口，我尝那家一口，不时有人发出赞叹声。本来简单的一日三餐变成了丰富的"大会餐"，说着笑着一顿饭就结束了，好不开心。我们那时给开水泡馍起了一个很形象的名字——"青龙过海"，那一块块漂浮在开水碗里的馍块，像一条条浮游在水面的青龙。吃这种饭有一个好处，就是饭碗特别好洗，只用水轻轻一冲，碗就干净如初。

通常情况下，我们的一日三餐都是"青龙过海"，很少有人上灶。灶上饭菜当然好，但要钱，一个个贫穷家庭出身的孩子能背着锅盔上学读书都不容易了，谁还敢奢望吃

难忘那片锅盔

好一点儿。

我们睡觉的地方就在教室后面。教室后面摆着一溜床板，褥子和被子都是学生从自家带来的，花色不同，新旧不一。其实这些床板根本就不够用，有些学生白天把铺盖放在别人的床上，晚上把两三个桌子凑在一块儿就成了床。集体宿舍的夜晚是快乐的。晚自习一下，住宿的学生把铺盖拉开，坐在通铺上，便闲聊起来，几个勤学的同学则点着蜡，"秉烛夜读"。同龄人在一块儿有说不完的话，你讲一个笑话，他讲一个奇闻，逗得大家开怀大笑，久久不能入睡，等睡下都快午夜时分了。这时候，有些同学饿了，就悄悄爬起来，摸上挂馍的横木，掰一块锅盔吃起来。晚上误了睡觉，第二天起床铃声响，一些同学迟迟起不来，等班主任前来一催，便听见床上一片响动。

我们当时的校舍可以说是危房，冬天睡在通铺上，眼望屋顶，能看见手指粗细的缝隙。有一年的冬天起床后发现我们所有人的被子上都落了一层薄薄的雪，熟睡的我们全然不知。

一周带多少锅盔是随季节变化的。夏秋季，我们只带三天的锅盔，以防发霉变质。春冬季，一般带六天的锅盔，这两个季节，天气不太热，锅盔放的时间能长一点儿。想当年，一到夏秋季星期三下午放学后，教室里便空空的，一大半学生都回家取馍了。我们的父母亲知道孩子们会回家，锅盔已经准备好了，母亲擀了一案面就等着孩子回家美美地吃一顿。急急吃过晚饭，背上锅盔，吆喝了同伴就又上路了，还要赶着上晚自习呢。

　　冬季对我们这些外乡背馍的学生来说是难熬的。因为天气冷，馍冰冷如铁，想热一下，又没有条件。这一切都被老师们看在眼里，他们很同情我们，就让我们把锅盔拿到他们的火炉上去烤。

　　上高中后，离家更远了，学校在县城，每周不能步行回家去取锅盔，所以班车就成了给我们运送锅盔的工具。每到星期六早晨，沿途的山村小站旁，总会站着许多孩子的家长，他们手里提着锅盔袋子，翘首盼望班车的到来。这个小站停停，那个小站停停，等班车走上正路，顶上已架满了小山一样的锅盔袋子，像一个负重的骆驼，在盘山公路上逶迤前行。班车一到县城车站，黑压压一片，人头攒动，学生们尾随着班车移动。车刚一停稳，取锅盔的同学哗一下把车围了个水泄不通。接下来一个同学爬上车顶，按着袋子上的名字叫喊一声，扔一个馍袋，得花好长时间，"小山"才能消失。

　　家里人都很忙，一周只能捎一次锅盔。在夏天，锅盔经常发霉变质，上面缀满了雪花样的霉斑，如果放的时间更长一些的话，霉菌会长到一厘米高。所以在天气好的中午，在租住户的窗台上总能看见晒着的锅盔。

　　时过境迁，从前的青涩少年，已经步入了不惑之年。每当嚼着在电饼铛上烙的锅盔，感觉像在嚼蜡，没有酥软的感觉，没有小麦的清香，这时我就想起母亲烙的那些锅盔，那段吃着锅盔上学的日子！

難忘那片锅盔

农村的丧事

十里乡俗不同，农村的丧事因地方不同而各异，但是有一个共同点就是比较烦琐。就拿我们这儿来说，一个人从死亡到埋葬要经历很多程序，烦琐而冗长，过完一个白事，把家属搞得精疲力尽，得休息好长时间才能缓过来。

报丧和吊丧

一个人去世后，主人家立即召集直系亲属和同族人坐在一起商量下面的事咋办。首先是产生执事的经理，这一职务通常是由同族里威望高的长者来担任。接下来经理就"上台执政"了，他会先派一个同族人去请阴阳先生，让其给亡者确定坟墓的位置和埋葬的日子。主人家为了给死者选一个"风水宝地"和挑选一个埋葬的好日子，总会犒劳一下阴阳先生，或拿点儿水果点心之类，或给人家支付一定的费用。时过境迁，现在的阴阳先生也成了专业人士，他们一般会收取一定的服务费。接下来就是报丧。经理会派信得过的本家人去报丧，因为这是一个细心活，要谨慎的人去办理，要是不小心把哪一家忘了都会给主人家带来麻烦事，甚至有主人家和亲戚家因这件小事而断绝来往。被通知的亲戚家按时前来吊丧，吊完丧后，主人家会根据亲疏关系，给各亲戚家"散孝布"。那么不用说，死者的子女、外甥、侄子、兄弟姐妹、舅舅等散的是长孝，其他的亲戚是短孝。

迎 客

迎客这道程序是在死者埋葬前一天下午进行的。此时主人家屋里屋外，棚搭起来了，幻灯挂起来了，锣鼓敲起来了，唢呐吹起来了。所有执事的人都穿白戴孝，走出走进各忙各的。这时候有一组执事的，抬着一张前面有"奠"字的桌子，来往于村口和家里之间，这就是迎客队伍。这天下午亲戚们拿着花圈、纸斗子、白布陆续到来。如果是死者舅家，还要拿像莲花样的油炸供礼，放在盘子里，包在包袱里，拿去献在灵堂上；再还必须拿的就是两支大蜡，它们要插在灵堂前。村口到了，这些远道而来的亲戚们会被执事的人员接住，被唢呐队迎回门前。来到灵前，亲戚中一个长者拿起两炷香，点着，作一个揖，插在香炉里。接下来是跪拜祭奠，这要行三拜大礼。先作揖，再跪下磕头，如此反复三次。每磕一次头，跪在灵堂两边的孝子们都要磕头回礼。

下来是喝汤。农村白事前一晚上的饭食和平时没有什

么两样，主食是胡辣汤，还有两个凉菜一个肉菜。

烧纸和献饭

烧纸是农村过白事一个很重要的环节。喝完汤后大约晚上 10 点钟，开始烧纸。经理先在大喇叭里通知各位亲戚在家里集中准备烧纸。第一拨是死者舅家人，男人们清一色白孝衣，头上戴着孝帽。他们来到灵前，和之前迎客时一样，点香、作揖、跪拜，唯一不同的是还要放声大哭。北方男人的哭干脆有力、粗犷豪放。如果是女的，是要从灵柩前哭到灵堂前的。她们一边哭，一边抹泪，旁边还有一个人搀扶着。女人的哭抑扬顿挫，气若游丝。接下来依次是死者的姐家人和妹家人、姨家人、姑家人、外甥，最后是女儿女婿。

最后轮到各位孝子们献饭。孝子献饭是最累人的活儿，从死者的儿子到孙子、重孙，一个一个过。先是大儿子，他手拄纸棍，猫着腰，一小步一小步从里屋向灵堂前移动，头顶也不能闲着，是一顶盛贡品的盘子，由两边两个人扶着，随孝子向前移动。这是这几年的风俗，在以前孝子要跪着往前挪动。冬天人穿的厚好说，遇到夏季，穿着单裤的膝盖跪在硬邦邦的地上，来回挪动，别说多难受了。一个事过下来，膝盖都肿了，甚至溃烂。

出　殡

在我们这里出殡要早早进行。早晨五六点左右灵柩就被几个壮汉抬上手扶拖拉机或者小四轮拖拉机。灵柩旁边坐的是死者的女儿、侄女等。车前面拉两条长长的白布，末端被孝子们拽着，走走停停。从家里到坟墓这一路上，一般要停一两次。这期间被请来的乐器队，或吹一阵唢呐或唱一两折秦腔戏。这走走停停、吹吹唱唱的一个用意就是等待攒墓的人。特别是冬天，人们通常起得迟，停下来吹吹唱唱，好让村民们知道，前来帮忙。

下　葬

装载灵柩的拖拉机终于到达了墓地。坟墓修得很整齐：长方形的墓坑，下面是一个墓室，清一色的白瓷片砌的地面。墓室外面是半圆形的墓门，上面是红砖头、琉璃瓦形成的屋檐，整个墓室显得庄严肃穆。灵柩从车上抬下来后，人们用木椽、绳索把灵柩徐徐下到墓室，匠人把墓门封好后，站在墓坑周围下土的人慢慢地把土丢进墓坑。这时候，执事的人就拿一瓶酒，让下土的人每人抿一口，一来辟邪，二来感谢乡亲们的帮忙。不一会儿，墓坑变成了一个土堆，死者就长眠于此。

女儿的眼泪

妻在乡村学校任教，我在县城，八岁的女儿就一直由我和她娘家人（我妻娘家在县城）接送上下学。以前也有过一学期，妻把孩子接到她那儿，但因孩子不适应那儿的环境，就又回到了我的身边。现在孩子上二年级了，大部分时间和我住在一块儿，所以我还要担当辅导孩子功课的任务。

女儿很懂事，每逢我跟晚自习时，让她一人待在家里做作业或者看电视，她都很听话，从来不闹。有时候我把她放在她外婆家，说是几点钟回来接她，她总是狠劲地点点头。父女间形成的这种默契，源于我平时的守时和我们彼此的信任。

上周末开完例会，我本来应该去接女儿，碰巧和我要好的两个同事邀我去喝酒，无法推辞，就一同去了。饭桌上，一边闲聊，一边饮酒，几杯酒下肚，我有点微醉。中间女儿打来几次电话，催促我去接她。我当时的兴致正浓，不想离开，就对女儿说："琪琪，爸爸有急事，晚上不能来接你了，你和外婆睡，明天早晨我去接你上学。""那好吧，我挂了。"女儿生气地带着哭腔挂断了电话。那天晚上我 10 点钟回到家，躺在床上，辗转反侧，难以入眠，我真有点儿内疚失信于女儿。第二天，铃声一响，我一骨碌从床上爬起来，匆匆洗漱完毕就向丈人家奔去。

　　一到丈人家，看到的情景是女儿早早就起床了，洗漱完后，静静地坐在厨房的凳子上。看见我走了进来，脸上露出了惊喜，但一会儿就泪眼婆娑了。"你昨天晚上说得好好的来接我，怎么变卦了？"女儿说着，哭出了声。我一看情况不妙，就走上去一边抚摸着她的头，一边道歉："爸爸错了，今后一定改。""你女儿昨天晚上 6 点钟，就让我熬白米稀饭，说你晚上回来吃……"岳母在一旁说。这时候，女儿的哭声更大了。我劝慰她好一会儿，她才洗了脸，去吃饭。我吃了昨天晚上熬的白米稀饭，它可是女儿的一片孝心啊！

　　现在回想起来这件小事，给我们这些做父母的启示真不少：孩子虽小，但父母对孩子做出的承诺，一定要兑现。如果按时兑现的话，久而久之，孩子就会信任你。同时，在你的影响下，孩子也会成长为一个守信的人。这不正是做父母的想看到的吗？

女儿的眼泪

偶然一游九嵕山

美哉，袁家村

去年第一次和朋友坐车经关中环线去泾阳，心情好不激动。途经礼泉县烟霞镇袁家村时，朋友建议去那里一游。我平生是个爱好游山玩水的家伙，听说有这么个机会，哪能放过？车拐进袁家村，路两边是郁郁葱葱的玉米地，不远处有一家冒着烟尘的水泥厂，听说是袁家村的，本村有好几家企业。渐渐地我们进入了村里，尽管是周二，但是停车场上已经摆满了车，我们只好把车停在路边，徒步走进民俗村。这个村由整整齐齐的四排民居组成，清一色的红墙绿瓦，二层楼构建模式，整齐划一。家家经营"农家乐"。有的民居门前安着石磨子，旁边一头驴，他们现磨现卖原汁原味的辣椒；有的人家的门楣用辣椒和玉米棒装饰起来，给人一种回归田园之感；有的人家门前放置生产队时期的一个大大的马车轱辘，给人一种怀旧之感。随便走进一家，主人会把你安排在一张八仙桌旁，为你沏一杯好茶，再给你呈上农家菜谱。菜疙瘩、搅团、煎饼、醋糟粉、农家小炒、浇汤面，凡是关中农家小吃，应有尽有。长期生活在城市、日用品来自超市的人们，吃一回这儿的农家饭，确实是一种享受。

徜徉在街道上，偌大的一个村子没有一点儿喧哗声，很少听见汽车的喇叭声、手机的铃声，进入耳朵的只是皮鞋与水泥地面的摩擦声。静谧而温馨，是民俗村给人最深的印象。

民俗村的北面是民俗一条街，这里出售各种古玩、首饰、字画，还有各种小吃摊点，煎饼屋、咖啡馆、豆腐脑摊、麻花房，琳琅满目、应有尽有，是游客休闲游乐的理想场所。吃饱喝足以后我们进入了一间醋坊，只见四五个醋糟缸正在淋醋，醋黝黑发亮，我随手舀了一小勺尝了一下，酸中带甜，沁人心脾，是一种久违的感觉。醋坊的里屋两个工人师傅正在做曲。他们把小麦、大麦、高粱掺和在一起，加水搅拌，再蒸煮，最后形成酿醋的曲。整个工艺流程古朴而天然，这着实让整天食用酿造厂生产的醋的城市人大开眼界。难怪来这间醋坊参观、买醋的人这么多，我们几个人也都各买了几壶。

壮哉，太宗陵

袁家村北面不远就是九嵕山，此山位于礼泉县东北22公里外，海拔1888米，山势突兀，峰峦挺拔，沟壑纵横，

山环水绕，有泾水环绕其后，渭水潆洄其前，南隔关中平原与太白、终南诸峰遥相对峙。九嵕山是东西走向的一座山脉，大部分山小而尖，只有九嵕山主峰拔地而起，巍峨挺拔，直刺青天，给人一种威严的感觉。当年唐太宗李世民狩猎、征战经过这儿，见到此山甚是爱之，心中就有百年之后葬于此地的心愿。也许此山的巍峨正合他万人之上、九五之尊的身份。遵遗诏，唐太宗驾崩后葬于九嵕山，他的陵墓在距九嵕山主峰1180米的位置。从东南面遥望，从峰顶到1180米处依稀可见圆形的石孔蜿蜒排列着。据考古人员介绍，这是修造陵寝时工匠们用过的栈道。陵墓竣工后，为昭陵安全考虑，把栈道拆了，所以在石壁上留下了一个个圆孔。

就在这一位置有一石窟，据史料记载，它是一号石室——徐贤妃的墓室。徐贤妃是贞观十年（636年）进入唐太宗眼帘的才女，是长孙皇后去世后唐太宗最宠爱的妃子，《旧唐书》对她有记载。"徐惠（627—650），湖州长城人，唐太宗李世民的妃嫔。贞观元年生，出生五月即能言，四岁通《论语》及《毛诗》，八岁已善属文。其父徐孝德曾命拟离骚为小山篇，文辞典美，孝德大惊，知其才不可掩，所作遂盛传。太宗闻之，纳为才人。入宫后遍涉经史，手不释卷。太宗益礼顾。俄拜婕妤，擢徐孝德为礼部员外郎（徐孝德墓志载），徐惠再迁充容。贞观末，太宗频征高丽，广修宫殿，徐惠上疏极谏征伐、土木之烦，太宗善其言，优赐之。太宗卒，哀慕成疾，不肯服药，又作七言诗及连珠以见意。次年亦卒，年二十四，赠贤妃，陪葬昭陵石室。"从这段文字里我们看出，徐贤妃不但有才、有德还有情，24岁，风华正茂，竟然为她的夫君殉情而死，真是一位奇女子，难怪唐太宗生前最爱之，死后葬君侧。

唐太宗其他亲人，像他的女儿，也就是公主，都没有这样的待遇，她们的墓位于太宗陵墓东南面的低矮处。倒是魏徵的墓比较特殊，他死后，太宗赐给他东面的一个小山头，与皇帝的陵寝遥相呼应。众所周知，魏徵是一个敢于直言的谏臣，他几次冒死直谏，险些被太宗杀头。为了说服皇帝停止大肆挥霍，勤俭持家，施行仁政，他强调"水能载舟，亦能覆舟"，令唐太宗深感佩服。他死后能被赐予这样的礼遇，充分说明了唐太宗任人唯贤，聆听忠言，纳谏如流，不愧为一代明君。其他的大臣贵族可没有这样的待遇，他们死后大多葬在了九嵕山脚下。据史载，整个昭陵有陪葬墓190多座，规模之宏大，是历代皇陵之最。

昭陵北麓设有祭坛，以前曾有昭陵六骏浮雕置于两侧。六骏指的是唐太宗早年征战时和自己同生共死，给他立下赫赫战功的六匹骏马。它们分别名为特勒骠、白蹄乌、飒露紫、青骓、什伐赤和拳毛䯄。六骏中的"拳毛䯄"和"飒露紫"于20世纪初被西方人盗运出国，现陈列于美国费城的宾夕法尼亚大学博物馆。其余四块浮雕在盗运中被夺回，存于西安碑林博物馆。六骏图是唐代著名工艺家阎立德、画家阎立本奉诏刻画的。两位艺人不愧是艺术大师，

偶然一游九嵕山

他们工艺精湛，把六匹骏马雕刻得形象逼真、活灵活现、栩栩如生，代表了当时最高的雕刻水平。唐太宗之所以把六骏雕刻在他的陵墓前，我想一方面是向后人展示他的战功，更重要的是对这些曾经相依为命的战马的纪念，并且告诉后世子孙创业之维艰。作为秦王的李世民和父亲、兄弟一起在马背上血染疆场、出生入死打下唐朝江山，登基为帝后依然御驾亲征，平定少数民族叛乱，可以说和马是形影不离，也吃尽了苦头。忆往昔峥嵘岁月，他怎能不发出"……出百死，得一生，故深知创业之难"的感慨！

斗转星移，日月变迁，当年的祭坛已破败不堪，取而代之的是新建造的祭坛。刚一入门，映入眼帘的是全新的汉白玉石牌坊，上面有雕刻精美的图案，遒劲有力的文字，这一切无不昭示着唐太宗生前的文治武功、丰功伟绩。再往里走是一尊高大威武的唐太宗雕像。他身穿龙袍，手插两肋，胡须飘飘，目光凝视着北方，俨然一位帝王的形象。懂一点儿历史的人都知道，李世民一生征战的主要区域在北方，山西、陕西、甘肃都留下过他的足迹。远处不说，就说比较近的彬县和长武一带发生的浅水塬大战，那是和北方少数民族的一场战争，李世民是亲历者、领导者。仰望着器宇轩昂、目光如炬的李世民，我想他的心里一定为自己劳其一生打下了这片江山、开创了"贞观之治"而自豪不已！

三　爷

　　三爷兄弟三人，他排行老三，故称他为"三爷"。三爷家在村北，他在村南租了两亩大的一块洼地，种起菜来，顺便在菜地旁的山崖上凿了一眼窑洞，算是看管菜地的安身之处。菜地离我家很近，一下坡就到。

　　小时候，我们几个小伙伴经常去他那儿与他孙子玩；上了小学，每逢下午放学我们都到他的小窑洞里与他孙子一起做作业。三爷非常欢迎我们，每当我们去他那儿，他就拿出自己舍不得吃的糖果，分给我们吃。如果是瓜果月，他总是从菜地里摘来甜瓜、黄瓜、西红柿给我们吃，看着我们狼吞虎咽的吃相，他便露出慈祥的微笑。三爷给我的印象总是笑，很慈祥。他对小孩笑，对大人笑，见了人，总是满脸微笑着与人打招呼。他和我们附近几家的关系很融洽。烈日炎炎的夏天，常看见他拿着一把大蒲扇，坐在树荫下，与邻居大叔大妈东南西北地闲聊；冰天雪地的冬日，他暖烘烘的窑洞里总聚集着一圈下象棋的人。等蔬菜

成熟的时候，早晨起来，三爷拿起磨好的小镰刀，来到菜地，先割倒一小块地的韭菜，再用泡软的马莲一小捆一小捆地扎好，码放到篮子里，担起担子，就到村子里叫卖去了。每路过我们几家门前时，三爷就"他大婶他大叔"地叫起来，等各家人都出来，他就赠送这家半把、那家半把，然后挑起担子忽悠忽悠地离开了，俨然一个老到的商贩。

　　三爷给我最深的印象就是会讲故事。那时他虽已 60 多岁了，但说话口齿伶俐、不紧不慢，讲故事时更是慢条斯理、绘声绘色。冬天的午后，春天的黄昏，我们这些小孩子总缠着三爷给我们讲故事。三爷后脑勺有一道竖着的"深渠"，我们一直很好奇，一天三爷给我们讲起关于这个"深渠"的来历。那是很多年前的事了，当时他还是国民党军队的一名士兵，一天他所在的部队正和日本人死拼，战斗中他只顾着向前看，不停射击。突然感到后脑勺一阵火辣辣的痛，他顺手一摸，热乎乎的，再一看，手上一片鲜红，这时他才意识到发生了什么事。原来敌人射过来的一颗子弹从他的后脑勺擦了过去，擦出了一道"深渠"，流了血，以致留下了伤痕。如果子弹再低一点儿，他就没命了。想到这里，三爷说当时他差点瘫坐在地上。故事讲完了，我们几个还觉得意犹未尽，睁大眼睛佩服地望着三爷，慢慢地站起身来轻轻地摸了摸三爷那道"深渠"，嘴里不由得发出惊叹，好险啊！

三爷讲的第二个故事更惊险："民国那会儿，没有人愿意给国民党卖命去打仗，他们就到各个镇各个村去抓壮丁，正好我就被国民党抓去当了兵。那是1939年的冬天，天上飘着雪花，天气特别冷，我所在的部队在山西一带驻扎。有一天，一队日本兵从我们防区经过。他们好几百人呢，队伍的前面是几辆坦克开道，后面的士兵背着一杆杆步枪，枪头闪着明晃晃的刺刀，还有四个人一组抬着五挺重机枪。那'小日本'个个穿着皮靴，走起路来当当作响，好不威风。我们隐藏在战壕里，眼睛直勾勾地看着日本兵，有几个战士吓得直打哆嗦。毕竟大部分人是第一次见日本兵啊，看到他们的武器那么先进，我们还真有点儿害怕。我们的营长是一个30出头的小伙子，浓眉大眼，脸黑黝黝的，只见他紧锁双眉，双手端起冲锋枪，口中发出一声怒吼：'弟兄们，冲啊！'他第一个冲出了战壕，跟随着他，弟兄们一个个投入了战斗。战斗是够惨烈的，敌人伤亡不大，我们一营官兵连同营长大部分阵亡，剩下的全成了日本人的俘虏，里面就有我。"讲到这儿，三爷抹了抹眼泪，回忆起那些死去的战友他怎么能不伤心呢！停顿了片刻，三爷接着

三
爷

191

讲述："敌人把我们带到一块开阔地上，有一个军官模样的人凶神恶煞地站在我们这些俘虏的面前，叽里呱啦说了一阵。大概意思是说，走得动的人站成一行，严重受伤的、走不动的站成一行。我当时腰部严重受伤，行走都很艰难，心里想，这日本人到底要干什么，不管三七二十一，就站没伤的这边！心里想着，忍着腰疼，我就站在好的一行。等大家都站好了，那个军官模样的人命一个日本士兵把那一行伤残俘虏带到离我们有 50 米的地方停了下来。紧接着，噔噔噔来了一队肩背步枪的日本兵，他们站成一列，唰地举起枪瞄准一个个伤残俘虏兵的背，一阵枪声过后，可怜的战友一个个直挺挺地趴在地上，都被打死了。我那时被这突如其来的场景惊呆了，吓得出了一身冷汗，想哭又不敢哭。狗日的日本人真残忍！"三爷感叹道。三爷接下来说，那天晚上他趁日本哨兵打盹的空当逃了出来，从山西到陕西，他忍着腰痛，一路乞讨回来，没敢停歇。

童年的我们万万没有想到三爷竟会有这般传奇经历，都对他肃然起敬。

三爷今年 89 岁了，看起来鹤发童颜，精神矍铄，偶尔还在菜地里劳作。每逢我回家，没等我问候他，他先一句"樊先生，几时回来的？"问得我很不自在。童年的习惯未改，每每回家，只要碰到三爷我都要与他唠嗑一阵。

三爷真是一个不简单的人！

情　殇

民国三十年，在旮旯峪发生了一桩惨绝人寰的杀人案。

旮旯峪是陕西北部一个三面环山一面临水的小山村。这里山高林密，交通闭塞，几乎与世隔绝。山民生活穷困，以耕作薄田和放羊放牛为生。站在山顶，能远远地望见山脚下横七竖八的瓦房和茅草屋，偶尔听得见几声鸡鸣和狗叫——这就是旮旯峪。一条弯弯曲曲的山路从山脚下蜿蜒到山顶，有两公里的距离，是唯一一条与外界连接的道路。

一个晴朗的午后，13岁的刘三娃像往常一样，邀上同村几个放牛娃，赶着牛向坡顶走去。穷人的孩子早当家，虽然这些十几岁的娃娃过早地承担起了家里的农活，但他们年龄毕竟还小，他们身上爱玩耍的天性还没有消失。像往常一样，他们把牛赶到野草茂盛的一大片草甸上，便一溜儿钻进了树林里。这一天，他们玩得起劲，进入到树林深处玩捉迷藏。刘三娃和同村的柱子一组，正在找另一组的两个同伴。树林深处，洋槐树遮天蔽日，灌木丛盘根错

节。刘三娃和柱子一边艰难地行走着，一边叫喊着两个同伴的名字。走着走着，突然在他们的面前出现了一个崖面，崖面上有一个窑洞，窑洞上有两个门。刘三娃心里一惊，激动地说："肯定藏在这里！"他戳了戳了身边的柱子，柱子会意后两个人蹑手蹑脚地向窑洞靠近。轻轻地推开虚掩的门，一抬头，刘三娃像触了电一般，一声号叫，向后退了几步，一把抓住柱子的手臂，趔趄着向外跑去。柱子还没弄清楚是怎么回事，就跟着跑出来。一口气他们跑出了密林，三娃抛开柱子的手臂，上气不接下气地说：

"有死……人，我看见了死……人！咱们去告……诉王保长！"这一说把柱子吓得瞠目结舌，跟着三娃向山下村子方向奔去。

王保长半信半疑，赶紧叫上村里几个青壮年劳力，扛着锨和镢头，由三娃带路向出事地点跑去。来到窑洞门口，王保长和几个大人轻轻走了进去。在他们面前出现了一幕触目惊心的景象：一个完整的裸尸挂在了窑洞的后墙上，离地面有50厘米高。尸体的四肢张开着，被用削尖的短树枝死死地钉在了墙上，只有头向下低低地垂着，长长的黑发遮挡住了脸部。尸体的两个乳房塌陷了下去，两条修长的腿显得有点儿干瘪。

"这不是妮子吗？"王保长的一声发问打破了窑洞里的沉寂。

"快把她的头弄起来看个清楚！"随着王保长一声令下，几个年轻人试着走上前去，用带来的镢头，慢慢地撑起她的头。大家向后一退，被眼前的一幕吓着了，青一块紫一块的脸上满是虫蛀的洞，眼睛微闭着，腐烂掉的嘴唇使人能看见嘴里的牙齿。王保长顿时捂住了眼睛，先退出了窑洞。"快叫妮子她妈！"王保长催促着，有个年轻人叫人去了。妮子的母亲是在老伴和来人搀扶下来到窑洞的，一看眼前的情景，一下跪倒在地，"我的娃，你死得好惨啊……"她叫喊着昏死了过去。

最后镇公所的人来后，叫人取下了尸体，验了尸。接下来就调查案件。

最近几个月，旮旯峪失踪了两人，一个是二楞，一个就是妮子。当地警方和山民一致认为二楞有重大嫌疑。不几天旮旯峪所在的县城和所有的村落便贴满了二楞的通缉令。

二楞确实有重大作案嫌疑。妮子生前和二楞的恋情旮旯峪没有人不知道。妮子是家里的长女，做饭、洗衣、放牛她一个人包了。勤快的姑娘到 17 岁时，已经出脱成一个大美人了，黝黑粗壮的头发在身后形成了一条长长的辫子，快垂到脚跟了。清澈的眸子被长长的睫毛装饰着，见人一笑，更显出山村女孩的妩媚。就是这么个周正女子，闲来坐在半山坡，牛在旁边吃草，妮子凝视着远处。她向往着梦里的生活，她不想再待在这个山沟沟的穷地方了，她渴望富裕的生活。

"唉，这样的日子到底什么时候是个头啊！"妮子叹息道，把一条树枝投向了坡下。

"妮子，想什么呢?"一同放牛的二楞凑了上来。妮子莞尔一笑，装作没什么似的，接下来他们高兴地聊了起来。

二楞是昝兄峪房家的二儿子，长着一副憨相，平时在村里横着走，谁只要说了某句话，他觉得不舒服，就顶谁几句，动不动还打人，所以没人敢惹，后来山民干脆叫他"二楞"。但是他对妮子却是判若两人，百般的好，放牛时又是给妮子拾柴火，回家时又是给妮子背柴禾。家里有好吃的偷偷地给妮子留一份。不管别人怎样看待二楞，妮子喜欢二楞，她觉得二楞对她好。一天放牛，二楞显得特别高兴，跑到妮子身边，郑重地说:

"妮子，看我给你买了啥!"说着二楞从衣兜里急忙掏出一块红布，三两下取出一把精美的梳子给妮子。

"这是我从县城托人买的，是犀牛角做的，我觉得特别适合你。"说着，二楞笑了。妮子又惊又喜，双手捧着梳子，幸福地哭了，二楞上前抱住了她……

不久妮子怀孕了，她又悔又怕。悔的是，她不该和二楞发生那样的事；怕的是，还没出嫁就怀孕，父母会打死她的。以后每次放牛，当二楞靠近她时，妮子都躲得远远的，生怕和他接触。这下二楞就奇了怪，心想，好好地，妮子就怎么不理他呢？在一次死缠硬磨下，妮子火了。

"都怪你，让我怀了娃!"说着呜地哭起来。

二楞一听妮子有了，却很惊喜，兴奋地喊道:

"我二楞有孩子啦！妮子，跟我过吧，我保证你们娘儿俩今后吃穿不愁！"

"亏你说得出口！你一个放牛娃，怎么养活我们？这穷山沟我待够了，我不要过这样的生活了！"撂下话，妮子跑了。

　　接下来的几天，二楞没再见到妮子。他等呀等，等着妮子的重新出现。结果有一天，他从山坡上听到一阵阵唢呐声，迎亲的队伍接走了妮子，妮子嫁到了山顶上一个大户人家，男的是不久前死了妻子的一个40岁的中年人。二楞听到这个消息，顿时觉得天旋地转，对着山谷号叫起来：

　　"妮子，我爱你，你是知道的。你怎么能这样，杀了我的孩子，嫁了别人，我恨你……"凄惨的回声在群山里传播得很远，很远……

　　听人说，二楞杀死妮子后，逃跑了，加入了国民党队伍，在一次战役中死了。

陕西赋

中国行省，陕西故地，历史悠久。周以陕原为界，东属陕东，西称陕西；春秋战国为秦属地，故亦称秦。人口3700万，管辖115县区。东临山西、河南，南接湖北、重庆、四川，西以甘肃、宁夏为邻，北望内蒙古。

秦岭乔山，横贯东西，陕南、关中、陕北自然形成。安康南依巴山北坡而北靠秦岭主峰，商洛地处秦岭山地而西北望长安，秦岭主峰，险要峻峭，蜀道之难难于上青天。东川汉中，西川必经之地，刘邦出东川而定中原，诸葛出祁山而经汉中，张鲁守汉中廿年而黎民富康，刘备称王数十载而国运昌盛。陕南之地，鱼米之乡，鱼肥而水美，山青而物丰。柞水板栗名扬天下，略阳天麻驰名中外，洋县朱鹮陕西独具，紫阳茶叶清醇淡雅，佛坪大熊猫国之瑰宝。

关中之地，秦之心脏，东起潼关，西至宝鸡，沃野八百里，一马平川。五市居瑞地，省会西安盘于中，宝鸡咸阳居于西，渭南站于东，铜川立于北。故都长安，四都之首，丝绸之路之起点，建都十三朝，历时千余年。周武王开创都城之始，秦始皇大建阿房宫，汉高祖定都长安城，王莽篡位定首都，董卓挟献帝迁都京兆，西晋愍帝即位西安，前赵刘曜移都长安，前秦苻坚、后秦姚苌、西魏文帝、北周闵帝、隋朝文帝以长安为都，唐太宗营建大明宫。八百里秦川，物华天宝。小麦高产而玉米丰收，油菜飘香而苹果喜人。炎帝故里重工业生机焕发，古城咸阳纺织业方兴未艾，华夏之根渭南商品农业闻明全国，资源型城市铜川煤炭储量丰富。

陕北之地，塬梁峁沟壑，坐拥两市，北之榆林，南之延安。煤多而油丰，神府煤田储量惊人，延长油矿首屈一指，米香而枣甜，陕北小米金黄养胃，陕北大枣肉厚质细。

祥瑞之地，地灵人杰。司马迁忍辱负重完成史家之绝唱、无韵之离骚；张骞受命于危难之际长途跋涉出使西域；孙思邈访遍名山大川尝遍百草而著《千金方》；郭子仪力挽狂澜平定安史之乱而功高盖世；杜樊川才华横溢擅长诗赋而作《阿房宫赋》；李自成揭竿而起敲响明之丧钟；刘志丹投身革命创建西北革命根据地；习仲勋青年睿智执掌陕甘边区。

文明之地，人杰地灵。西岳华山壁立千仞，兵马俑威武壮观，黄帝陵天下第一，大雁塔晨钟暮鼓，钟鼓楼蔚为壮观，西安碑林精美绝伦，华清池依山傍水，楼观台清静幽雅，太白山高耸入云，法门寺神秘叵测，茂陵昭陵庄严肃穆，乾陵天下无双，半坡遗址原始淳厚，明代城墙坚不

可摧，壶口瀑布气势磅礴；大唐芙蓉园久负盛名。

华夏之地，特色独具。陕北民歌粗犷豪放，安塞腰鼓浑厚雄壮，陕西皮影独树一帜，民间剪纸巧夺天工，户县农民画淳朴浪漫，耀州瓷青幽淡雅，关中八大怪家喻户晓，羊肉泡馍味醇汤浓，荞面饸饹筋道有力，陕西凉皮酥软喷香，岐山臊子面味正汤汪，腊汁肉夹馍色味俱佳。

改革开放，三秦大地，日新月异。西部大开发，西咸一体化，关天经济区，陕西生机焕发，经济发展，文化繁荣，人民安康！

松江赋

　　江南故郡，申沪新区。东望闵行、奉贤二区，南接金山区，西北以青浦区为邻，虎踞黄浦之上，位列沪之西南。四会五达，形胜之地。物华天宝，九峰三泖不胜数：佘山、横山、辰山、薛山、机山、天马山、小昆山、凤凰山、厍公山，芙蓉九点秀娟娟；松江，青浦，金山，西望茫茫远重天。地灵人杰，雅士骚客辈辈出，陆机文才深而辞赋美；孟頫开画风而擅金石；其昌精绘画而懂书法；十发通书画而能诗文。

　　忆往昔，祥瑞之地。沧海桑田，几度易名。唐置华亭县，元升华亭府，民改松江县，今撤县设区。经历若干朝，历时千余年。商贾云集而艺人如织，文人荟萃而墨客聚首。黄道婆创纺织而衣被天下，任仁发长于画而专于水利，陈子龙擅于诗而工于词，夏完淳精于诗而忠于朝。唐经幢高大美观，松江照壁风采独具，兴圣教寺塔端庄隽拔，清真寺古朴典雅，醉白池晶莹剔透，远东圣母大殿气势磅礴，

古镇泗泾墨香清雅。昔日政治经济之中心，历史文化之祥地哉！

看今日，繁华之地。登高望远，红顶白墙，幢幢高楼鳞次栉比。住宅楼整齐划一，商业区流光溢彩，度假村宁静幽远，开发区繁忙有序。极目远眺，水绕树映，处处景点亮丽宜人。佘山天文台傲然屹立，上海欢乐谷异彩纷呈，辰山植物园繁花似锦，佘山国家旅游度假区风光旖旎，月湖雕塑公园特色独具，影视乐园千姿百态。今日人文宜居之地，旅游观光之城哉！

改革开放，经济腾飞。沪杭高速、沪青高速、嘉金高速，公路网四通八达；农业收入，工业产值，出口创汇，诸业发展列前茅；疏浚河道，改造桥梁，完善设施，农村建设如火如荼；污水处理，垃圾分类，节能减排，生态建设方兴未艾。文化馆，图书馆，馆馆藏书丰富；少年宫，文化宫，宫宫人才荟萃。科技兴区，自主创新成果喜人；科普宣传，科教基地大放异彩。扩大工业区而引进外资，升级开发区而促进出口，工业发展蒸蒸日上；推进产业化而发展农场，实施非农就业而增收入，农业发展日新月异。完善体育设施而举办国内外体育赛事，发展竞技体育而推广全民族健身事业，群众体育蓬勃发展；举办文化旅游节而加强文化设施建设，开展建党主题活动而行文化配送工程，文化事业蓬勃发展。居民家庭收入年年增长，名冠各区之首；群众生活质量岁岁提高，位居诸县前列。高等教育与时俱进，著名学府纷纷入驻大学城；各类教育均衡发展，普通学校相继升级成规模。

抚今追昔，松江之地，时越千余年，沧桑巨变。古之名城，上海发祥地，古迹名刹扬美名，文人骚客频往来。今之名区，西南经济区，经济旅游天下知，外商游人常不绝。

展望未来，故郡新区，时不久远，凭陆津交通之便利，借文化发祥之底蕴，乘改革开放之东风，厚积而薄发，繁荣而昌盛！

松江赋

问道崆峒山

2015年7月的一天，我们一行八人搭乘火车向崆峒山进发。列车一路行驶，出陕西入甘肃，一路上满眼都是黄土山，即使出现那么几个石山，也低矮得不行，根本就提不起人的兴趣。进入平凉，走着走着，一座与众不同的庞然大物赫然耸立在我们眼前，它的外表不是黄土满身，而是褐红色岩石。山麓上、绝壁上布满着各色灌木，这些植物主打色调是绿色，中间夹杂着白的、黄的颜色，远远望去，色彩斑斓，美不胜收，我有些迫不及待了。来到山脚下，山峰迎面而来，给人一种突兀的感觉，需高高仰视才能望见山顶。远远地，我们看见了山顶上有道观，这时趴在我背上的三岁小女儿不由得高兴地叫了起来："爸爸，你看，山上有房子！"崆峒山终于到了。

那天早晨9时开始进山，我们没有坐汽车或缆车上山，而是一步步向上攀登。我们从凤凰岭南麓登山，经过太清宫，到达中台，再抵达主峰。这一路线也许是古人开辟的，以前可能崎岖难行，为了方便游人，现在这条路已经变成了石板路，一个一个台阶直通向山顶，两边有铁索扶手，每隔一段距离还有垃圾箱。景区为游客想得真周到！台阶的几处人性化设计真叫人感动，台阶向上延伸着，偶尔碰到了几棵不大不小的树就长在台阶中央，一定是为了保护树木，砌台阶的工人们费了好大心思，绕着树，给台阶中间凿一个小孔。树毫发未损，健康地成长着。人为树让路而不是树为人让路，人和自然和谐相处着，在这里体现得最为明显！

　　起初爬山，我们一伙人还是健步如飞，几个孩子你追我赶，大人们走走停停，不断地拍照留念。但不多久，我们一个个汗流浃背、气喘吁吁，开始有人掉队了，也有人坐下来休息，还有人嗔怪为什么不坐车上山。我就是其中一员，但是心里又想，不怪山高路陡，只怪自己平时不锻炼身体。坚持着，我们向上攀登，坡度越来越陡，有的地方接近了 90 度。一路上不断有人问"山顶到了没有"。约莫一个小时我们到达了凤凰岭。峰顶极窄，但比黄山的"鲫鱼背"强多了，宽阔处有一个亭子。这个亭子设计得恰到好处，通常游客到达这里已是筋疲力尽，最需要休息。站在亭子里，眼界豁然开朗，极目远眺，山峰簇立，层林叠翠。向下望去，向阳的山麓上沙棘、虎榛子、白刺花竞相绽放，排列出绿的、白的、黄的色彩，像一幅浓墨重彩的水彩画。小径两旁生长着低矮的山桃树，时不时有人在其旁拍照留念。山风袭来，顿感丝丝凉意，此情此景，真

像在仙境一般，不忍离去。

美景当在后头。小憩片刻，我们又开始攀登，经过太清宫我们就到达了中台。当到蜡烛峰时，一行八人，半数已力竭了，望着通往峰顶的天梯，他们望梯兴叹。"不到峰顶非好汉"，剩下的我们四个执拗地要爬天梯。"无限风光在险峰"，在峰顶，我终于见识了什么是绝壁如削、壁立千仞，感觉到了什么是如临深渊、摇摇欲坠。斗连香峰、叠翠笋头、元武针崖，使人惊心动魄，叹为观止。

必须承认，崆峒山的自然景观无与伦比，最使我动心的是那里的松柏，它们粗壮、高大、挺拔、茂盛、古老。首先要提的当属太清宫的柏树，有水瓮那般粗，十几米高，没有一个旁枝，挺拔得像电线杆。再看它的树冠，枝杈粗壮而遒劲，错落有致，向四周铺展开去，像一个巨型盖子。路旁有棵2300年树龄的松柏，是1979年甘肃省委书记、兰州军区第一政委肖华游览崆峒山时叫专家鉴定的。看着它身上一道道深深的皱纹，想象着它从远古时代一路走到今天，目睹了人间的沧桑变迁，我对它肃然起敬，向这棵神树深深地鞠了一躬。望驾山的华山松、秦皇汉武西巡处的松树、法轮寺的油松，以高大挺拔而见长。只要你注意，就会发现，在不胜寒的高处往往有松柏的身影。仰望着它们长龙一样的身躯，抚摸着它们铠甲一样的皮肤，不难想象，它们经历了多少风霜雨雪、天寒地冻，最终才长成这个样子。"温室里永远长不出参天大树"，要成才就要接受大自然的千锤百炼，松柏如此，所以它名贵。

下午 3 时下山时，我们选择了另一条路线——沿车行道，走大路。车行道是从一个大沟盘旋上来的，坡度甚是陡峭，为安全考虑，筑路人给本该平整的水泥路面上铺设了许多棱角分明的小石子，以增大路面的摩擦力。我们步行下山，隔几分钟就有上山下山的旅游车从我们身边闪过。这样的路况，司机还开得那么快，可见他们技术娴熟。

这个大沟是崆峒山的背阴处，这里的植物呈现出另一番景象：沟畔、沟底，到处都生长着密密麻麻的树木，把整个沟的上空遮挡得严严实实，人好像在绿色大棚里行走一般。这里生长的乔木有木梨、榆树、栾树、樟树、松树，凭借着这个小环境湿润的气候和充沛的雨水，这些大型树木尽情地成长着，高达三四十米，大大超出了它们原来的高度。乔木下面的灌木也不甘示弱，攀爬着、缠绕着，力争上游。看着这些盘根错节、长蛇一样的灌木我惊叹不已。我从没见过这么奇异的灌木，我从没见过这么多种类的乔木，它们的茂盛和高大是无与伦比的。这种生态系统只有在原始森林里才有吧！

这么强势的生态群落，得益于崆峒山得天独厚的气候、地理环境。翻开崆峒山的地方志，就会发现崆峒山属暖温带半湿润区，年均气温 8.6℃，空气湿度大，年均降水 511.2mm，多集中在 7 至 9 月份。冬季积雪较厚、时间较长，厚度达 25cm。其植被生长的土壤为褐土，适合落叶阔叶林生长。

名山藏大仙，崆峒山这座历史上有名的道教圣地，曾

来过不少有名的道士。身着道袍，须发飘飘，头顶发髻，紧扎护腿，圆口布鞋，这就是我们印象中的道士形象。那天在蜡烛峰的大殿里上香，看到的道士正是这样。据史料记载，从唐代开始崆峒山上就有建筑，那么也一定有道士。在漫长的历史长河中，崆峒山上的建筑逐渐增多，以至于形成了今天的九宫十二院四十二座建筑的规模，这其中必然有归隐在这里的高士的功劳。从民国到现在，有四位为崆峒山做出了贡献，他们是刘紫阳道长和刘园阳道长和静禅、润明师父。三教禅林的大殿就是由刘紫阳道长出资，其弟子刘园阳主持，后由静禅、润明二僧主持。

清晨，当崆峒山迎来第一缕阳光时，东峰或者北峰上，道士们已手挥长剑演练着崆峒派武功；傍晚，当夕阳的最后一抹余晖沉下去时，山间小径上，道士们背着柴火从远处归来。闲来诵经说法、书写心得、坐禅冥想、静中求纯；忙时上山采药、悬壶济世、化缘筹款、修建庙宇。汲取日月之精华，抛弃红尘之琐事，他们与大自然融为一体。抚今追昔，历史上凡遁入空门的大僧、道长，一个个都是智慧的化身，他们大都精通国学、书法，擅长炼丹、养生。净空法师著书立说、云游讲学；任法融道长挥毫泼墨、讲授易学。他们又是长寿的象征，不管是寺院的方丈，还是道观的长老，他们圆寂、羽化时都八九十岁，虚云禅师世寿 120 岁，悟禅道长世寿 82 岁。

崆峒山——西来第一山，当之无愧！

我曾经对不起两位老师

听到戴老师和田老师去世的消息，我很震惊。他们是我的恩师，匆匆离去，我很悲痛；生前没有去看望他们，我很后悔。

戴老师是我刚参加工作那所学校的校长，当时 50 岁开外，中等身材，平易近人。记得有一次，他语重心长地对我说："××，你是咱们学校唯一的英语专业教师，在基层好好锻炼几年，积累些教学经验，以后去县城任教，也可以去咸阳、西安发展。"说着拍了拍我的肩膀。当时一股暖流涌上心头，我很是激动。后来我调到县城，联系少了。有一次，在街上碰到他，两人就寒暄起来，我猛地发现他人瘦了许多，心中暗生怜惜。几个月前碰到他女儿（她在县城上班），就问戴老师的近况，她告诉我她父亲住院了。我先是一惊，继而对自己说，一定要抽空去看看戴老师。一个月后，我在咸阳师范学院学习，突然听说戴老师去世了。我好后悔，竟没有见他最后一面。

　　田老师是我上初二时的语文老师，他个子很高，人长得很英俊，说一口标准的普通话。我爱上他的课，尤其是作文课。当他用普通话给我们朗读范文时，我总听得全神贯注、如痴如醉，仿佛自己就是文中的小主人公，徜徉在乡间的小路上……有一次他给我的作文写了一大段评语，而且把我的作文进行了展览。从此以后我知道了什么叫"白描手法"，也渐渐喜欢上了写作。从教后我曾与他一起工作过，但最后又分开了。一个月前碰见他，人很消瘦，声音低沉。他说自己生病了，请假在家。分手后我几次想去看望他，但都给耽误了。今天几个老师聊天，说田老师去世了，我好惊愕。

　　我把看望两位恩师的一个个机会都给错失了，现在剩下的只有后悔。由此我想到了我们的父母，他们含辛茹苦，把儿女一个个抚养成人，结果自己老了。儿女在外成家立业，很少回家看望父母，嘴上说抽空回趟家，到头来都因为所谓的忙，没有成行，最后老家传来的竟是噩耗——父母去世，速归！接下来，只有在父母灵柩前抱头痛哭，悔恨不已。朋友，珍爱你们的亲人、朋友吧！在百忙之中抽一点时间问候他们一声，关心他们一下，别对不起他们！

　　以此来纪念我的两位恩师！

我和父亲去砍柴

高三那年，因贪玩，我落榜了，心里真不是个滋味。复读时，我整个学期都没回家，直到腊月二十四我才回了家。腊月二十九父亲叫我去打柴。拉着空车子，走了10里路，上了几道坡，等到达目的地时，汗水已浸湿了我的背心，秋裤贴在腿上，死死地裹着，我已步履艰难了。指着那灌木丛生的山坡，我近似哀求地说："爸，上山去砍吧！"父亲摇了摇头，指了指沟底，说："到下面去砍。"再没说什么，他一个人先走了。我站在沟边向下望着，一条陡峭的羊肠小路蜿蜒到沟底，足足有一里多长，父亲的背影越来越小，消失在路的尽头。咬紧牙关，我一口气跑了下去，一路上留下一串串的脚步声，在这幽深的山谷中产生了清脆的回声。父亲的动作真快，不多时已砍好一捆，然后帮我。我的那捆分明比父亲的小得多，我执意要背大的，父亲拒绝了，就那样上路了。我走在父亲的后面，父亲一步挨着一步向前挪着，腰弯得像一张弓。负重走上坡

我和父亲去砍柴

路的滋味我那天总算尝到了。背着柴火在后面走着，我越走越慢，上气不接下气，汗水像断了线的珠子。有几次我想丢下柴捆，但一看见前面父亲的背影，这种念头就打消了。

　　有几次我听到父亲的声音："背不动……歇……一……下。"

　　我回答着："您也歇一下。"

　　"我……不累!"父亲回应，每次听到的都是父亲这样的答复。我应着他的话，总没有歇下来。不知什么时候，我流泪了，我终于明白了，父亲为什么不去山坡砍柴，而要来到这人迹罕至的山谷。

　　夕阳西下，有两个背柴人向着坡顶攀登……

五月永寿槐花香

今年槐花开放的日期推迟了。等到 5 月初，永寿店头镇一带的槐树星星点点点缀着槐花的时候，往北的仪井一带槐树还是一片绿，没一点儿槐花的影子，更别说永平、槐山一带了，那里的树木光秃秃的，叶子还没长齐。这一切都是因为今年春季连绵的春雨，淅淅沥沥，时下时停，持续了有一个月时间。虽说给人们的出行和下地劳作带来

不便，但更多的是带来的益处，麦苗、林木、大地吮吸、存储了大量的雨水，为庄稼未来的丰收打下了基础。一个明显的例子就是虽说槐花开得迟一点儿，但是它的成色、个头、味道是往年无法相比的。它的色泽更加洁白，个头大而饱满，浓郁的香味老远就能闻到。5月2日下午，晴天，有微风，在店头好時河西坡，我采摘了一次洋槐花。

坐在车上，我特别注意着山隘口、沟壑间、山路边，偶尔从我眼前掠过几棵洋槐树，绿叶间都衬着白花。在一处较平坦的台原上我望见了一溜洋槐树，上面缀满了白的洋槐花。我叫表弟立即停下车，拿上袋子，独自走上了台原。这地方的洋槐树不大，最大的碗口那么粗，三四米高，是这几年退耕还林还草的成绩。由于处在高处，时有微风吹过，槐树在风中摇曳，身上所缀的一串串奶油色的槐花随风起舞，就像蒙古草原上随风起舞的少女头上缀着的白花，令你沉醉。我迫不及待，踮起脚，伸长手臂，够着了一个树枝，瞅准一串槐花，小心翼翼地采摘着。吃洋槐花是有讲究的，含苞待放的最好，"大放异彩"的看起来虽然艳丽，但是食用确属下下品，因为受到阳光的暴晒和蜜蜂采食过，人食用后会中毒，对这一点我是清楚的。我尽量采摘未开花的、还是花骨朵儿的。这个树下望望，有几串，摘一下，那个树下瞧瞧，还有几串，再摘摘。近处的、平坦的地方无处可采了，我就向远处陡峭的地方去寻找。一路上随处可见掉落在地上的、蔫了的槐花。来到了一棵有手臂粗的洋槐树下，我正准备伸手摘高处的槐花，头一低，猛然发现一个被折断的，但还"藕断丝连"的树枝匍匐在地上，叶子葱绿，竟然从叶子中绽放出一串串冰洁的槐花。我马上放弃了到高处攀折的欲望，蹲下身子，凝视着这傲然开放的槐花。洋槐树这黄土高原上极常见的树种，常被人忽视、任人砍伐，但是它们自己没有看不起自己，即使被人折断，但是只要有一丝希望它们都要顽强地活下去，奉献给大自然一片绿，绽放给人间一点白，证明自己存在的价值。我对洋槐树肃然起敬！

　　徜徉在槐林间，悠闲地采摘着，凉风习习，我惬意极了，这着实是一种享受。站在山顶，举目远眺东南方向，羊毛湾水库波光荡漾，远处山峦起伏，葱葱郁郁。山脚下、河岸边是樊家河和好畤河两个村庄，小楼林立，红瓦白墙，华丽而整齐，全部掩映在绿树之中，透露着现代农村的祥和之气。目之所及使人视野开阔，手之所触令人心旷神怡。不知不觉中在山巅、在林中忙活了快两个小时，装槐花的手提袋也满了，要不是日落西山，我才不忍离去。幸好，在路边搭上了一个熟人的车。他看了看我的收获，不无遗憾地说："很早就想来采摘槐花了，要不是现在有急事等着赶车我也摘一回。"于是，我把我采摘的给了他一部分，他硬是不要，到最后还是没顶住槐香的诱惑。一路上这位熟人说了许多关于槐花的故事。他说他每年都采摘槐花，从槐花初开到败落，一年要吃好几回。因为槐花性凉，有益于高血压病的治疗。不听他的解释我还真不知道槐花有这种功效。太神奇了！

五月永寿槐花香

215

除了司机和我其他人都睡熟了，望着窗外浓绿的树林，我浮想联翩。绿白相间的树冠笼罩着大地，绿的是树叶，白的是槐花。飘香十里的槐花引来了成群的蜂蝶在林间翩翩起舞，它们忙着采花蜜。树林边，搭起一顶顶帐篷，那是养蜂人的住所；路边停放着一辆辆小汽车，那是专门来此采摘槐花人的坐骑。五月是永寿槐花的盛季，不同的人都赶着在这一季节来到这里。养蜂人想获得丰收的喜悦，摘花人想品尝槐花的芳香，同时买一壶纯正的蜂蜜，让家人享受一下这些来自山野的珍品。

今年的花期虽晚了一点，但一定会开得更艳！

西汉名臣在永寿

在今永寿县店头镇所在地，埋葬着两位西汉名臣，一个是娄敬，一个是陆贾。

娄敬（—前 182 年），又名刘敬，祖籍今山东省胶州市。娄敬原是齐国戍边陇西的一个马夫。戍边十几年的他积累了丰富的军事经验，加上自己超凡的战略眼光，所以在刘邦战败项羽、选定都城时，还是一介车夫的娄敬胆识过人、胸有成竹地向刘邦献言定都关中。刘邦心悦诚服，最后采纳了他和几位大臣的建议，把都城建在了长安，这是娄敬的第一大功绩。经过数十年的战争到西汉初年，关中地区民生凋敝、百姓流离失所，但是作为一国之都，人口必须达到一定的数量并且富人要占到一定的比例，只有这样，当战争来临时国家才有足够的人力物力北战匈奴、南抵南蛮。具有远见卓识的娄敬认识到了这一点，他马上向刘邦建议迁关东强族到关中长安附近。据史料记载，这一政策实施后，关中人口激增至数十万人，经济迅速繁荣

起来，这可谓是娄敬的第二大功绩。我们知道西汉建国后，常年遭受北方匈奴的骚扰，这使汉高祖刘邦很烦恼，是和是打，他一时拿不定主意，所以就派使者出使匈奴，探知对方的军情。结果前10位使者回来后都一致建议刘邦和匈奴开战，只有第11位使者娄敬建议联姻议和。他的理由是前几位使者看到的都是表面现象，虽然他们一路看到的尽是些老弱残兵，但这是匈奴制造给汉朝使者的假象，他们把真正的劲旅都藏了起来。令人惋惜的是刘邦没有听信娄敬的卓见，御驾亲征讨伐匈奴，结果就有了后来的"白登之围"，刘邦险些成了"阶下囚"。死里逃生的刘邦逃回后做的第一件事情就是怒斩前10位使者，表扬娄敬的功绩，封他为建信侯，这便是娄敬的第三大功绩。从中我们不难看出娄敬有非寻常人可比的军事眼光。功成名就后的娄敬急流勇退，选择明月山（娄敬山）作为自己的归隐之地。

　　明月山南接秦岭，从南到北，绵延百余公里，是关中西之屏障，和东之潼关遥相呼应。站立山巅，向东南望去，乾陵、昭陵、茂陵、咸阳尽收眼底；向西北望去，群山起伏、林海茫茫，微风徐徐送来草木之芳香，令人如痴如醉。极目远眺视野之开阔，令人心旷神怡。顿时，娄敬把朝廷的烦心事忘得一干二净。娄敬认定了这块风水宝地，在此他修炼养生，学习真本领、寻药炼丹为民治病，祈祷上苍为民求雨。娄敬羽化成仙后，当地人把他的遗骸盛在石棺里储藏在他曾经修炼的清风洞里。清风洞位置极佳，位于明月山南麓半山腰青石之上。这里背风向阳、居高临下，前瞻视野开阔，锦绣山川、四季风光尽收眼底。山顶有娄敬墓殿，大殿前千年古柏森森，经年石碑座座。石碑记载着历代当地官民朝山祭祀、祷雨祈丰的盛事。历尽沧桑，走过了千百个春夏秋冬，经历了数十个王朝更替，虽然这一通通石碑斑驳陆离，但上面的碑文依然工秀美观、遒劲有力、押韵工整、文辞优美，具有极其珍贵的史料研究价值和书法欣赏价值。经常有书法爱好者光临此地，拓印碑文，研究收藏。娄敬山西坡上植满了针松林和洋槐林，一片片、一块块，泾渭分明、错落有致，像一个个高低不同的表演方队。每逢春末夏初，洋槐花开，白茫茫一片，浓郁的槐花香弥漫了整个山野，引得蜂蝶忙得不可开交。金秋十月又是另一番景象。针松青翠欲滴，秋风送爽，成熟的松塔在枝头摇曳，一只只可爱的小松鼠在松树下觅食嬉戏……

如果说娄敬是一位武将的话，那么陆贾则是一名文臣。他的才能表现在说服刘邦阅读《诗》《书》和上书《新语》上。我们知道刘邦是在马上得天下，读书少，当政后，陆贾曾数次暗示刘邦阅读《诗》《书》的好处，谁知汉高祖常骂之曰："乃公居马上而得之，安事《诗》《书》？"后来刘邦令陆贾粗述秦亡汉存之理，陆贾每奏一篇，高帝连连称赞，后来陆贾所奏 12 篇被称为《新语》。陆贾的文才还表现在他的满腹经纶、能言善辩，两次出使南越，说服南越王向汉朝称臣。2000 多年前的西汉和南越相距 1000 多公里，交通落后。据史料记载，陆贾出使时，只有一个随

从，他们驾乘牛车，更多时候步行。遇到雨天，道路泥泞，行走更加困难。他们步履蹒跚向南方进发，走了好几个月，到了南越国，谁知南越王拒绝召见陆贾一行。主仆二人没有灰心丧气而是自己动手，和泥巴筑小屋暂住。他的诚心终于打动了南越王，但后面的谈判并不那么顺利。陆贾面对南越王的盛气凌人、傲慢骄横，不卑不亢、沉着应对，一针见血地指出南越国归汉和背汉的利害关系；接着又介绍了秦亡汉兴的时局大势。陆贾的一席话字字攻心，如雷贯耳，南越王如梦方醒，立即改变了态度。陆贾第二次出使南越是在文帝元年（公元前179年）。有了第一次的交锋，第二次就很顺利了。陆贾两次成功出使南越充分显示了他杰出的外交才能，也从一个侧面反映了他吃苦耐劳的意志力和永不放弃的精神，对于一个文臣来说这是难能可贵的。陆贾的文才还表现在他对文学的贡献上。南朝文学理论大家刘勰首先充分肯定陆贾的《新语》在开创汉赋新局面方面有很大的功绩，尤其是他的名作《孟春赋》，开汉赋之先河。这是《新语》在文学方面的贡献，其实它在思想方面的影响是更加深远的。《新语》的主导思想是"以民为本、与民休息"，这是汉初"无为而治"的最早表现。我们知道汉朝的统治思想是道儒融合的思想，汉朝之所以延续了400多年，和这种思想是分不开的。这值得我们去研究。

为了躲避汉朝宫廷的纷争，老年的陆贾退隐到当时的好畤县境内，就是今天的店头镇。他去世后葬于店头镇西塬边的桃树坡上，其墓被称为陆贾墓，现为陕西省重点文物保护单位。

汉初两位开国功臣生前都选定店头镇为其退隐之地，去世后一个葬在娄敬山上，一个葬在桃树坡上，相距不到10公里。他们相互守望，保佑着永寿这块土地上的人民生生不息，世代幸福！

想起那两只小花猪

20 年前，我家还很穷，家中六口人常年为填饱肚子而奔忙。除了大面积承包人家的山地外，父母亲还饲养了牛和猪。牛，一为耕地，二就是喂上几年后，等它膘肥体壮了卖掉赚点儿钱。养猪主要是过年时一家人能见点儿荤腥，剩下的猪绝大部分就卖了。家里喂了十几年猪，在我的记忆里没留下多少印象，只是有一年养的两只小花猪给我的印象特别深。

在春天的一个集市上，父亲以不太高的价格买了两只小花猪。小猪来到我家时只有一尺长，是那种黑白相间的品种。因为小，父亲怕冻着它们，特意在简易的猪圈里拢了一圈麦草，用来取暖。给喂的食也是特别讲究，多加饲料，每次拌得特别稀，怕噎着它们。那时我正上初中，每个周末回家，吃完饭后第一件事情就是去给猪割草。草是那种嫩嫩的小草，荠荠菜啦，羊起家啦，夫子碗啦，胖娃娃啦，都是我割草的首选。

功夫没白费，不出两个月，这一对小花猪长到了两尺长，看起来胖乎乎、圆溜溜的。猪慢慢大了，每次的进食量大得惊人，给割的青草眼看就供应不上了，一时家里人手不够，商量后决定放养。我家老屋正巧在沟边上，离它不远就是水渠、小河，周围有不少荒草地。每天清晨，父亲打开猪圈门，赶它们去野地觅食。说来也怪，那两个小家伙特别听话，父亲一赶，它们撒着欢向荒地里跑。到吃中午饭时，父亲才记得两个小家伙还在野地里，就连忙跑到沟边，唠唠唠一声声吆喝。不一会儿，从河边通到村子的小路上就响起了阵阵猪蹄声，它们俩一会儿并排奔跑，一会儿一前一后，像山野里的两个相互追逐的双生娃娃，顽皮又可爱。

　　说来也怪，这两个小家伙特别爱干净，有些让人不敢相信"脏得像猪一样"这句话。它们从来不在家里猪圈拉屎，如果要排泄，两个一块儿就跑到野地里解决，之后再回家。这一举动让一家人对它们刮目相看。在当年的农村，一些人养猪，一方面图它的经济效益，另一方面是让猪攒粪，好上麦田。我家有牛就够了，猪攒不攒粪就无所谓了。因此这一对爱干净的家伙让家里人更喜爱它们了。给邻居一说它们的奇妙之处，邻居们都有点儿怀疑，亲眼见了后，便对它们大加夸赞。一传十，十传百，不久后我们那个生产小队都知道了这一奇事，人们纷纷跑来看这两只小猪。看后就都说："这是××家的花猪，就是跟一般的猪不一样！"

想起那两只小花猪

223

　　这两个小家伙慢慢地习惯了放养，只要一到放养的时间，它们就自己跑出去，吃饱了就又自个跑回来，卧在自己的小窝里呼呼大睡。那时我家的牛是养在门道里的，花猪出来进去都要经过牛的领地，这两种家畜从来没有发生过冲突，小猪没跑去骚扰牛，牛也没有拦猪的道，它们和平相处着。慢慢地，父亲发现了这两个小家伙的特别之处后，就放松了警惕，猪圈的门没以前锁得那么严了，敞开着，让它们自由进出。有时候它们在圈里待腻了也来院子里转转，这儿走走，那儿走走，从来没碰坏过什么，也没把什么撞翻。冬天野地里光秃秃的，没有了猪要吃的东西，它们就只有待在家里了。饿了，哼哼几声，主人知道饿了，给拌了食，没多大工夫，一大铁盆猪食就让这两个家伙风卷残云一般享用完了。吃饱喝足，去窝里睡了，这时候真像个猪。

　　这俩家伙的优秀之处被邻居看在眼里，爱在心里。有一天，一个邻居来我家对我父亲说，他想买其中的一只花猪。那人走后家里立即开了一个家庭会议，父亲说："咱们养猪终归是为了卖钱，卖给谁都是卖，还是卖给邻居吧！"母亲也依依不舍地说："多年的邻居了，不卖给他今后怎么见面呢！"从此两个形影不离的伙伴分开了。也好，它们离得不远，还时常见面。到年末，两个家伙膘肥体壮，有一米多长。腊月二十三，邻居把他那一只杀了，见到父亲，直夸这猪肉有多么多么好。本来会杀猪的父亲并没有亲手杀我家的这头，相处了一年，他不忍心，所以叫别人杀了，当时他躲开了，不在场。

现在想起来，觉得那两只花猪着实可爱，它们好像是上天特意赐给我们这个家的。它们不嫌这个家穷，快乐地成长着，听话，爱干净，努力地进食，最后奉献一身厚墩墩的猪肉，让这个家在艰难的岁月里度过了一段快乐的时光。

写在父亲 64 岁生日之时

时光荏苒，一晃，父亲 64 岁了。等我也当上了父亲，我对"父亲"这个词有了更加深刻的体会。所以我想写写我的父亲，就算是送给他老人家的 64 岁生日礼物吧！

父亲是一个农民，是极其平凡的一个人。他是一个农民，但他勤劳淳朴的品质、博大的慈爱之心，足够我们做儿女的敬爱一生。

小时候，我可不是一个省心的孩子，隔三差五地给家里人惹事，不是把生产队的粉糠机给弄坏了，就是把邻村新栽的树苗给折断了。上小学四年级的一天上午，我和几个小同学玩耍时把腿摔骨折了，疼得我哇哇大叫。母亲和父亲商议后，决定带我去40里外的镇子上去诊治。去镇上要爬一架大坡，足有三里长，崎岖不平。父亲急忙套好车子，抱起我放在车子里，搭起襻绳，驾起车辕就出发了。刚开始还挺顺利，慢慢地，坡陡起来了，父亲的脚步慢了下来，背越来越弯，像一张弓，汗水从他的脖子上直往下淌，他不时地举起袖子去抹。随着坡度的增加，他的呼吸变得越来越急促，大口大口地喘气，时不时停下来休息一会儿，又继续拉。午饭时我们终于到达镇上。检查、拍片子、上石膏，等一切忙完已是下午4点钟，父亲又拉着我往回走。天渐渐黑下来，路上的行人越来越少，四周一片沉寂，只听见嗒嗒的车轮声和父亲沙沙的脚步声。到达来时的山顶时，已是一片漆黑。没有手电筒，下坡的时候，父亲凭上午的记忆在黑夜里摸索着前行。他一面有意压低车辕不让车尾与地面摩擦，以免颠着我，一面用身子向后顶着车子，以免车太快。刚转过第一个大拐弯，眼前豁然一亮，父亲啊的一声，原来他已站在了沟边。多亏修路的灯光，多亏父亲的谨慎，才避免了一场车毁人亡的悲剧！父亲，您虽然贫穷，没有钱雇车去给儿看病，但是您用您的身体和勇气，步行了80里山路医治了您的儿子，没有让他落下残疾！

说起父亲的勤劳，有一件往事勾起了我的回忆。我们村人多地少，即使有地，大部分都是山地，离村20多里，耕种、收获极为不便。记得在我上初中的一年秋种时节，我和父亲去山里种地。犁了一天的地，人困牛乏，父亲安顿我和几个乡亲住在山里的窑洞里后，就匆匆步行回家取第二天的种子去了。这哪里是个安身之处，窑洞里面垒了一排马厩，窑洞口是一个土炕，上面铺了一层麦草，算是晚上休息的地方了。没有门，窑洞敞开着，秋天的荒野，成了蚊子的天堂。窑洞里外，蚊子撒着欢儿，像是欢迎人类的到来！为了驱赶它们，乡亲们在洞口燃起了一堆山柴。夜深了，月光爬进了窑洞，这时候蚊子嗡嗡叫着，牛马挥舞着尾巴，打着响鼻。看看旁边一个个酣然入睡的乡亲们，我怎么也睡不着，我担心还没归来的父亲。不一会儿，窑洞外突然传来了嗵嗵的脚步声，我一骨碌从铺里爬起来，一看是父亲。他肩扛一口袋种子，因为口袋长，直奔拉在父亲的胸前身后，他另一个肩也没闲着，挂了个军用包。父亲进来时还喘着粗气，看来一路上走得很急，我急忙帮父亲卸下身上的负荷。没等坐下来，父亲从包里掏出一个玉米棒，递给我，说："你妈连夜煮的，让我带给你吃！"我急忙接过来，玉米棒还烫手。坐下来，父亲说他爬了一架坡，下到沟底时听到几声狼嚎，就没停下来歇息，一口气又上了一架坡，才到达这里。我看了看旁边的麦袋，足足有100斤，上面印有一块块汗渍。父亲没有出生在平坦的原野上，他一出生就面对的是这沟沟壑壑，他踏遍了这山山峁峁，他习惯了这野草丛生、蚊虫狂舞的山野。他用勤劳的双手养育了一家六口！我爱我的父亲！写到这儿我的眼睛有点儿湿润了，一件往事又浮现在我的眼前。

上高中的一个星期日，我照例起得很早，洗漱完毕就开始了晨读。8点50分我来到车站等馍。没多时我们镇上的同学都会聚在这儿，他们个个西服夹克，而我则是简单朴素的运动服，我有些自惭形秽。就在我焦急的等待中，父亲出现在我的面前。"团儿!"一声亲昵的呼唤把我惊醒。我当时手忙脚乱，急忙接过父亲肩上的馍袋子。就在这时候，周围同学的目光不时地从父亲的身上转移到我的身上，像在审视，又像在疑问："那人就是你的父亲?"初春的早晨，天不算怎么冷，父亲却穿着两件棉衣，纽扣开着，一双破旧的布鞋露出了脚趾，走起路来，随着裤子的移动，脚踝处不时露出破了的袜子。这就是我的父亲。家里并不是穷到没钱给他买衣服穿，长年累月奔忙在田间工地，尘土、泥巴、汗水陪伴着父亲，吃过饭就去劳作，睡觉起来还是劳作，在父亲的日历上没有休息日。他从没想过自己的穿着，他从来没有"爱美之心"。管他世上的布料多么精美，穿上多么舒适，父亲是顾不上这些的。我和父亲走在县城的大街上，眼里噙满了泪水。来到宿舍，房东大婶见是我父亲来了，忙唤我把她的电壶提过来。我给父亲倒了一碗开水，没来得及喝水，父亲从手提包里掏出10多个鸡蛋，说这是母亲平时攒的，怕我学习劳累，身体支撑不住，让我补补。随后他从一层层的内衣下摸出一卷

229

钱，从打算买架子车轮胎和喷雾器的钱里抽出了 30 元给了我。

父亲，您就像是为儿女活的，一心想着儿女和这个家，唯独没有您自己！

父亲今年都 64 岁了，抽空还去外面打工。我和弟弟劝了他几次，让他歇下来，享享清福，他总是笑笑，摇摇头说："只要你们有出息，我多干点儿没啥！"

这就是我的父亲，您的情我这辈子怎么还得完呢？我爱我的父亲，这种爱是深沉的。

一点儿感想

　　有小孩真好。孩子一岁时，他们粉嘟嘟的脸蛋真招人喜爱。大人一逗他们，就发出咯咯的笑声，同时脸上露出两个小酒窝。清澈的眼睛，黑白分明，盯着你看，冲你微笑。尤其是他们的皮肤光洁而柔软，触摸着他们的手，你会舍不得放下，同时也会不由自主地把嘴凑上前去，在他们的脸蛋上留一个吻。和天下所有父母一样我也是爱小孩的。即使他们感冒发烧的时候哭声震天，即使他们肆无忌惮地小便大便在你的衣服上，即使他们把洁白的墙面涂抹得五颜六色，对于这些，做父母的是不在意的。闲时，我常常拿出女儿半岁时趴在沙皮狗上照的那张照片，细细欣赏，每一回都爱不释手。

　　同事有几天没来上班了，我问了才知道他陪妻子到咸阳生产去了。他比我小，已经是两个孩子的父亲了，我感到有点儿惆怅。四年前妻子想再生一个孩子，但是事与愿违，她的输卵管堵塞，没法要孩子。诊断结果把妻子吓了

一跳，她自语道："自己这么健康怎么会有这种情况？"接下来她就到医院去看。先是在当地医院做了疏通手术，医生给开了很多药，有西药、中药。服用后没有效果，妻子又去看中医，医生给开了十几服药，吃了几个疗程依然没见效。妻子没灰心，在网上查找看省内有没有看这方面病更好的医院，终于找到了陕西省妇幼保健医院。她在妹妹（妹妹嫁到了西安）的陪伴下去了几次，每次去都疏通了，但过不了一个月又粘连在一起，尽管如此，妻子依然没有灰心。去年暑假，妻子和我又去了咸阳中医医院，与去西安的情况一样，疏通得很顺利，但是一个月以后又粘连了。第二次也一样。每次，妻子从手术室出来，脸色苍白，都要在床上躺一个小时缓一缓。所以，第二次手术完，医生就告诉我们，如果回去后按时服药打针还是这样，就要考虑放弃要孩子。我爱孩子，我更爱我的妻子，我不能让她为了要孩子去折磨自己，何况她已经尽力了。

人到中年越发感觉孩子对父母的重要。有孩子在家，一个家就像有了活力。一放学回来她给你有讲不完的奇闻趣事，说他们班里的一个男孩害怕给老师张口，结果尿在了裤子里；又会给你说老师又把那个叫家伟的学生给狠狠揍了一顿；她会问你皇子的妻子怎样称呼，等等。有孩子在，你的家就没有消停。我爱孩子的这种童稚，我爱我的女儿，但是我们的独生女太孤单了。有时候我去上晚自习，就留下女儿一个人在家，做完作业，没有玩伴，她就看电视。每逢周末，一家人团聚了，妻子和孩子星期六一直睡到九十点钟。起来后，吃饭、写作业、看电视。她有个弟弟或者妹妹该多好啊！他们可以在一起玩耍、打闹，有他们自己的天地。我爱我的女儿，如果她有弟弟或者妹妹，将来等我们老了，他们在事业和生活中就可以互相帮助，如果我们突然病了，就有人分担孩子的负担。她稚嫩的肩膀怎么能担起服侍两个老人的重任呢！

　　面对现实，我只能把我本来对两个孩子的爱集中到我唯一的女儿身上。我要把全部父爱给她，尽我所能去培养她，让她成为一个优秀的人！

一点儿感想

马年说马

马年到了，让我们来说说马。

马是一种大型食草动物，最早生活在森林里，以嫩叶为食；后来马来到草原上，以干草为食。4000多年前马被人类驯化，现代马就是由野马经人驯化培育出来的。

马进化到现在，特征基本定型：头面平直而扁长，耳短，四肢长，骨骼坚实，肌肉和韧带发育良好，蹄质坚硬，能在坚硬地面迅速奔驰，毛色以栗、青、黑、白、骝为主。

马与人类生活是密不可分的，它曾是人们主要的交通运输工具，还是人们进行农业生产的主要帮手，从古代书籍到今天的课本里都能见到很多关于"马"的成语："老马识途"比喻年纪大的人富有经验；"马革裹尸"体现将士要牺牲在战场上方为天职的英雄气概；"塞翁失马，焉知非福"，形容人的心态一定要乐观向上，任何事都有两面性，不好的一面有可能向好的一面转化。还有"君子一言，驷马难追""路遥知马力，日久见人心""先有伯乐而后有千里马""射人先射马，擒贼先擒王"等等，不胜枚举。

在历史上，马的主要用途体现在军事上，大凡看过古代影视剧和小说的人一定不会忘记马的形象。霍去病身跨汗血宝马，左冲右突与匈奴兵厮杀；关云长驾驭赤兔马，斩颜良、文丑于马下；唐太宗扬鞭六骏，扫平大河南北；岳飞手执辔头驰骋沙场，收复万里河山；成吉思汗征战中亚，兵临莫斯科城下；努尔哈赤十三铁蹄起兵，威震大漠关外……从中我们不难看出每一个王朝的建立都离不开马的功劳，马在古代军事史上真可谓立下了"汗马功劳"！其实在近现代史上，马在军事上的用途也是很大的，这主要表现在骑兵上。美国内战期间南北双方的主要兵种就是骑兵，你看枪炮声过后，战场上到处是倒下去的一批批战马，好不惨烈！有一部很好看的美国大片《战马》，讲述了一匹叫乔伊的马，在幼儿时期遇见了百般疼爱它的小主人艾伯特，人与马建立了相知相惜、血浓于水的情谊。一战爆发后，艾伯特的父亲为了维持农场，无奈将乔伊卖给军队为前线运送军用物资，艾伯特和他心爱的马不得不分离。尽管身处在残酷的战场，但乔伊的勇气感动了它身边的人们，给他们带来了温暖和希望。最终乔伊和艾伯特再次相逢。在现代，高原的边防线上，巡逻的战士一个个骑着战马，保卫着国家的安宁。

马的另一个用途体现在运输方面。说到马，我们仿佛听到了茶马古道上飘来的马蹄声。从隋唐开始我国西南边陲的马帮就开辟了一条国际商贸通道，和境外进行商品交

换；在抗日战争期间，茶马古道在运输国际援华物资方面发挥了极其重要的作用，这些药品挽救了无数中国战士的生命。

马的另一个用途就是农用。在很长一个时期，北方农民主要还用马牛来犁地、拉车。

历史进入到 21 世纪，随着社会的发展，马的上述三种用途越来越小了：战马、运输马被汽车、飞机所替代；耕马被拖拉机所替代。以前随处可见的马儿的身影现在只能在草原见到。

我们的祖先把马纳入十二属相里，可见马在历史上与人们的生活是多么息息相关。马博得了人们的喜爱。

幸福的婚姻，你的名字叫体贴

1952 年，我祖父 22 岁，成为一名人民警察。刚走上工作岗位的年轻人，血气方刚，对未来充满了憧憬，所以对于婚姻，祖父一直想找一个志同道合的爱人，希望她是一名有正式工作的新时代女性。一想到这一切，我祖父就无比高兴。但当祖父把自己的想法告诉他的父母亲时，遭到了强烈反对。太祖父说："你一个贫下中农的孩子，怎么能自由恋爱？还想娶一个干部女子？这让亲戚朋友知道了，我和你娘的老脸往哪搁？"两代人谈话破裂后，我祖父生气地回单位后很久都没有回家，他仍坚持自己心中的梦想。家里老人也没理睬祖父，他们紧锣密鼓找媒人给祖父说媳妇。一个月后，我太祖父通知我祖父回家。我祖父带着疑问回家看个究竟。当听完太祖父的叙说后，祖父暴跳如雷："没征求我的意见谁让你们给我定亲？我还没见人呢！""看什么看，有我和你娘给你把关你还不放心？"太祖父不假思索地回击道。祖父非常生气，真想与太祖父断绝父子

关系。可是一想到父母含辛茹苦把自己抚养大，又供自己读书，现在才有了这份体面的工作，这对一个贫农家庭来说实在不容易，所以最终祖父还是默认了这门"口袋里买猫"的婚姻。结婚后，我年轻的祖母孝敬老人，体贴丈夫，蒸馍擀面样样精通，做鞋缝衣无所不会。渐渐地，我祖父喜欢上了我这个"农民祖母"。每天工作回来，我祖父在煤油灯下就教我祖母认字。之后，我祖父工作到哪儿，就把我祖母带到哪儿。"夫走妇随"，相濡以沫，他们恩爱了40多年。这先结婚后恋爱的婚姻倒也精彩！

2005年，我表弟26岁，这年他结婚了。结婚那天的场面真是蔚为壮观，婚车是十几辆名牌轿车，光结婚的宴席就有40桌。我表弟人长得眉清目秀，聪明伶俐，名牌大学毕业；他的媳妇端庄标致，甚是好看，也是大学毕业。两人青梅竹马，从小学到高中都是同学，正所谓知根知底，天造地设的一对。更幸运的是，两人都在同一个城市工作。我表弟是一家外企的部门主管，弟妹是一所高中的英语老师。新婚燕尔，两个人出双入对，脸上荡漾着幸福的微笑，好不亲密。新婚的热情劲儿过去了，生活渐渐步入了正轨。每天早晨弟妹早早地起床，给表弟做好早饭，然后催促表弟起床吃饭。表弟匆匆吃完饭，急忙去上班。表弟走后，瞅着饭桌上的残局，弟妹脸有愠色。有时候，弟妹把中午饭做好了，等表弟回来吃，这时候他一个电话，"有一个饭局不能回家吃饭了，你自己吃吧！"便剩下弟妹一人面对一大桌子饭菜。一天下班回家，弟妹脸色难看，好像是被学生气的，回来后没吃饭就睡了。我表弟回来后也没问问原因，就倒在床上睡着了。生活就这样周而复始着，终于有一天，两个人吵了起来。有第一次就有第二次，最后发展到离婚。先恋爱后结婚的婚姻也不过如此。后来，我表弟后悔地说："我那时如果对她多一点儿体贴和关怀，婚姻也不至于走向破裂！"

婚姻是两个人的事情，需要双方共同去经营。如果我们在对方失意的时候，坐下来陪对方说说话，开导一下，鼓励一下；如果我们在对方生日的时候，问候一声，或者送一件礼物；如果我们在百忙之中抽出一点儿时间给家人做几顿饭；如果我们能利用节假日带一家人出去转转……如果这一切变成现实，我们的婚姻将会健康地发展下去。不管是哪种婚姻，如果想让自己幸福，就要彼此多多体贴，让对方感受到你的爱。

拜谒路遥墓

　　路遥是中国文学爱好者所敬仰的著名作家，我也是他的崇拜者，拜谒路遥墓一直以来是我的一个心愿。我知道，路遥墓在延安大学校园内，很想去拜谒，但总没有机会。2013 年 11 月份，我去了一趟延安，下榻在延大窑洞宾馆，第二天早上做的第一件事就是拜谒路遥墓。

　　初来乍到，人生地不熟，询问了一个大学生。她很亲切地告诉我，向前走到女生宿舍区旁的一家回民餐馆，在餐馆的后面有一条小路，沿着这条小路一直往山上走，就会看见路遥墓。我和同学没费多大工夫就找到了那条路，顺着那条路我们向上攀登。起初是一条极狭窄的土质小径，没多大一会儿，我们就上了从山下通向墓地的水泥路。毋庸置疑，这条路是专门为路遥修的。我们在路上缓慢前行，两边是葱葱郁郁的苍松翠柏，远处山坡、沟畔栽着洋槐树，虽已进入深秋，树上没了叶子，但望着它们密密麻麻的枝干，可以想象在夏天时一定是遮天蔽日。这条路够长的，走得我们都出了汗。快到山顶时，在我们面前出现了一个平台，首先看到的是一座半身雕像，头发长长的，梳在两边，表情凝重，戴着一副眼镜，凝视着远方。从他的视线望过去，像是望着西北方向——他的故乡，那个不太遥远的清涧县。在我的印象中路遥的形象就是这样，凑近一看果不其然。"路遥之墓"四个镌刻的大字映入我的眼帘，墓碑下方有来访者敬献的鲜花，日久，鲜花也蔫了，还有仰慕者放的香烟。凡是了解路遥的人都知道，路遥是一个烟瘾很重的人，特别是在文学创作期间，为了帮助思考，他的烟是不灭的，一根接着一根。墓碑后面就是路遥先生的墓冢，圆圆的，用石头砌成，里面埋着路遥的骨灰。当年路遥先生是在西安火化的，之后陕西省人民政府派专人护送路遥的骨灰，魂归故里。再后面是一个屏风，四周用白色条形瓷砖砌成，屏风当中淡蓝色的底面上固定着 13 个金色大字：像牛一样耕耘，像土地一样奉献。这几个字是路遥先生一生的写照。

我们知道路遥先生出生在陕北清涧县一个贫苦农民家里，由于贫穷，父亲难以维持一家人的生计，在很小的时候他便被过继给了伯父，少年时的忍饥挨饿是在所难免的。在这样极其艰苦的环境里，年少的路遥没有被困难吓倒，他一边帮家里人干农活，一边上学，1973 年被推荐到延安大学中文系。在这个文学的殿堂里，青年路遥如鱼得水，自由自在地遨游，图书馆、文汇山是他常去的地方。每逢周末别人回家、闲逛时，勤奋的路遥坐在文汇山上，啃着

馒头，手捧书本，沉浸在优美的文字里。渐渐地，一篇篇小文章出现在了校报上。久而久之，路遥小有名气了。到毕业分配时，很自然地去了《延河》杂志编辑部，当了一名编辑。几年后路遥发表的作品越来越多，又顺利地来到陕西省作家协会，成了一名专业作家。这个时期是路遥先生创作的黄金期，他一生中最重要的作品都是在这个时期完成的，像《早晨从中午开始》《人生》《平凡的世界》等。

像牛一样辛勤奉献的路遥先生在创作时是忘我的、通宵达旦的。只要构思好的作品，他就一气呵成，怕灵感稍纵即逝，结果忘了白天，忘了黑夜。路遥有一个嗜好，喜欢晚上写作，夜深人静，万籁俱寂，没人打扰，他思如泉涌，只听见笔划纸的唰唰声。写啊写，实在困得不行，才去休息，等醒来已是次日中午时分，日复一日。别人的早晨从早晨开始，路遥的早晨从中午开始。在创作长篇小说《平凡的世界》时，他住在铜川矿务局的医院里。有一天晚上夜深人静时，他饿了，实在难忍，就敲开邻居的房门，要了一个馒头和一根大葱，一手拿着馒头和葱，一手又抓起了笔。写着写着，他听见了一阵吱吱声，回头一看，不远处一只小老鼠盯着他吃剩的馒头看。路遥明白了是怎么一回事，他掰了一块放在了老鼠跟前，又进入了写作状态。以后这只老鼠时常出现，为了不让这小东西影响自己，他总是如法炮制给它馒头吃，每次都很奏效。

像土地一样奉献的路遥先生创作态度是严谨的，他从不弄虚作假，从不胡编乱造，一切从实际出发，以事实为依据。在创作《平凡的世界》时，为了给读者呈现一个二十世纪五六十年代真实的陕北，他到延安图书馆、档案馆查阅了大量的历史文献，就连《人民日报》也不放过。在《平凡的世界》里有一个场景，就是孙少平的女朋友田晓霞在陕南的一次水灾中采访，不幸溺水死亡。为了忠实于历史，路遥先生在省档案馆查阅了当年陕南发大水的水文资料，并且做了大量的笔记。再比如为了写孙少平下煤窑这一节，他亲自前往铜川陈家山煤矿下矿井体验生活。

正是路遥牛一般的勤劳精神和土地一样奉献的品格，才产生了像《平凡的世界》这样的经典之作。数十年来这部作品一直是青年朋友，特别是广大大学生最喜爱的作品。因为积劳成疾，路遥先生在 42 岁就去世了。英年早逝，引发人无限的感慨。无论谁，迟早都要离开这个世界，不久便被人忘记，被人永远记住的人则不多，路遥算一个。他的作品让人记住了他，同时记住的还有他的人格。

路遥先生，安息吧！

一桩娃娃亲

　　车上人真不少，我手里提着大包小包，一边喘着粗气，一边左顾右盼，找着空座位。"嘉禾，这边来！"我循声望去，看见后面座位上一个军人正向我招手。挤过去一看竟然是尚民。"你啥时回来的，几年没见，现在都是军官了，混得不错啊！"我一边和他热情地握手，一边和他打招呼。坐下来，尚民给我指了指坐在车窗旁边的一位女士介绍说："她是我爱人亚萍。"然后又向他爱人介绍我，"亚萍，这位就是我时常给你提起的我的发小嘉禾。""你好。"亚萍微笑着站起来与我握手。这女人瓜子脸，大大的眼睛，长长的睫毛，烫发，樱桃小嘴，唇上略施一抹淡淡的口红，看上去顶多30岁。"这是我儿子，今年四岁。"尚民继续给我介绍坐在两个大人中间的一个虎头虎脑的小孩。"快叫叔叔！""叔叔好！"一声童稚的问候甜到了我心里，我急忙掏出了50元钱递给孩子。一看这，尚民和我推让起来，不觉响声大了点儿，引得前座的乘客向后面张望。在我的再三恳求下他才不好意思地让孩子把钱收下。

班车在盘山公路上行驶着，前面油光闪亮的柏油路蜿蜒曲折地向前方延伸着。旁边的山坡上、沟壑边满是郁郁葱葱的洋槐树，把公路上空遮得严严实实，整个山路成了名副其实的绿色长廊。

"七八年不见，变化真大啊！山上的植被保护得这么好，路修得这么平整，真是难以想象。想当年我们上学那会儿，山上光秃秃的，一到夏天找不到一块乘凉的树荫；从村镇到县城全是石子路，坑坑洼洼，车行驶在上面颠得厉害。"尚民望着窗外若有所思地感叹道。"可不是！"我在一旁应和着。

嘀嘀嘀，班车转弯鸣号。

"爸爸，你看，一排排房子，真整齐，这是哪里？"尚民透过车窗望着，自豪地说："这就是咱们的老家——吴家堡！"

从山顶看村貌确实是一道风景：一排排砖瓦房南北排列着，共有八排，一条水泥大路横贯南北，把村子分成东西两块。整个村落像列队的士兵，错落有致，展示着新时代农村的风貌。

现在人们的生活好多了，出门坐班车，收获庄稼有收割机，再不像以前出门爬坡，麦子用扁担挑，吓得塬上的姑娘不敢嫁到我们村，害得一些父母亲早早地就给孩子订娃娃亲。"尚民，你还记得你那小媳妇不？"我用胳膊肘碰了碰尚民问道。尚民急忙把脸转向我，给我使了使眼色，

又指指他媳妇，我明白了，再没说下去。他怎么不记得呢？虽然过去了10多年，我可记得清清楚楚。

提　亲

尚民家和我家是挨门邻家，他弟兄四个，清一色男娃，他排行老大。上初中二年级时，父母亲就为他的媳妇发愁，整天托人给娃打听媳妇。他爸今天跑妹子家一趟，明天再去姐家一趟：他妈更是不甘落后，见熟人就托付，就像乖女娃被人抢光了似的，单怕她家尚民成了光棍。一个风和日丽的星期六，尚民和我哼着歌回家取馍。还没到家，就远远地看见他妈站在家门口，面带喜色向路口眺望着。一看见她儿，向前跑了几步，一手接过他的馍袋，一手抚摩着他的后脑勺，边走边说："你舅来了！"

当天中午的饭极其丰盛，尚民给那五天没见荤腥的肚子，装了满满一顿浇汤面。吃过饭，舅舅和尚民的父母把尚民拽到厢房。舅舅吧嗒吧嗒吸了几口旱烟以后，把烟锅在鞋帮上磕了几下，然后插在后脖子上，最后用手再在嘴上一抹，算是抽完了烟。接下来开口说："尚民，你也不小了，过了这个年都15了，该说媳妇咧。"尚民听了舅舅这一番话，脸唰一下就红了，直红到脖根，随口撇出一句话："我才上初中，年龄还小，我不要媳妇！"这时候，他父母急了，母亲说："那女子条件好着哩！大大的眼睛、细高个，十里八乡难寻这么一个乖女子。这女子和你舅是邻家，父亲死得早，家里没有儿子，她妈给大女儿招了个上门女婿，二姐出门了，这是老三，就是家里穷点儿，不过和咱门当户对。"他妈一口气说了这么多，唯恐尚民也把她给挡回去。

"我不管漂亮不漂亮，反正不要！"尚民头扭向一边，坚持己见。

"孩子，别瓜了，大人都是为你好！瞧你家这干炸炸四个小伙，再看你们住的这地方，看天一绺绺，一出门就爬坡，人家能看上你就不错了，你还弹嫌呢！尚民你是老大，该替你爸你妈考虑考虑，他们整天累死累活养活你们不容易。"舅舅的这一席话好像触动了尚民的神经，他低着头没再言语。

"就这么定了，我晚上就去征求那女娃的意见。"舅舅说着就往外走。急忙中母亲打开柜子，抓起两盒"猴王"硬塞给她哥。舅舅边走边说："你们就等着听好消息吧！"

两天过后，舅舅捎来话说，那女子名叫王美丽，在镇上念初一，今年14，说见过尚民，她同意这门亲事，她妈说她们那边再找个媒人与尚民他舅共同说这门亲事。尚民怎能不记得她！周六取馍的路上碰见过她几次，高高的个儿，大大的眼睛，只是脸上有块抹不去的红斑，长长的辫子，像一撮芦苇，有点儿缺水分。当父母再问同意不同意这门亲时，尚民沉重地点了点头。男方家后来才知道女方的媒人是她姑父。她姑父我们再熟悉不过了，他是我们邻村的村主任，50岁左右，人胖胖的，走起路来一颠一颠，手总是背在身后，一脸严肃。两个媒人碰头商量后，达成

一桩娃娃亲

以下协议：

一、彩礼4000元整。

二、定亲当天给女方买两身衣服、一双皮鞋外加一块手表。

三、以后每年给女方买一身衣服、给100元钱直到结婚。

四、前两项必须赶定亲那天缴清，不得拖延。

如果男方因某种原因退亲，财礼只退四分之三。

商量后的当天，尚民他舅就来到他家说明情况。这是舅舅据理力争来的结果，他父母还能说什么呢。定亲的日子在当年的农历九月二十五会那天。没几天了，仅仅剩一个月时间了。尚民他爸他妈忙着筹集彩礼，又是粜粮，又是卖大牛买小牛，再是向亲戚借，总算凑够了沉甸甸的4000块。他们二老忙是忙了点儿，但心里那个乐，从他们那几天的笑脸就可看出来。惹得左邻右舍都稀奇起来："他婶和他叔这几天怎么这么高兴？怕是给娃定了媳妇！"

定　亲

九月二十五会，那可是当地一大盛会。农历九月天已入冬，虽有点儿冷，但是农闲的人们赶会的热情不减。南北不过二里长的街道上挤满了人，好不热闹。胳肢窝夹着蛇皮袋子的中年汉子这个摊点转转，那个摊位问问，手往内衣口袋里试了几次，总是拿不定主意。年轻姑娘们三个一团五个一群，围着几个花布摊，拿起这个瞅瞅，扯起那个摸摸，精心挑选着，急得摊主直说："瞅瞅，都是好料子，做结婚嫁妆嫽扎咧！"羞得几个姑娘脸上泛起红晕。几个老太太端着热气腾腾的豆腐脑津津有味地吃着，其中一个吃得真快，只见她把碗递给摊主："他叔，再舀一碗！"卖热粉的、卖红芋的、卖包子的、卖甑糕的，各种小吃集中在街道的中段。南市是木材市场，北市是牲口市场。商贩的叫卖声、音响的歌曲声、拖拉机的突突声、猪羊的嘶叫声交织成了一首农村集市特有的乐曲。

　　那天是星期二，尚民请了一晌假，来到约定的地点，一看父母亲和舅舅都已经先到了。他们等了一会儿，远远地看见女方来了一大群人，有她姑父和她姑、她两个姐和两个姐夫。王美丽那条干瘪的辫子比以前梳得整齐了许多，上身穿着一件花格子呢布衫，脚上是一双红绒新布鞋。她走在两个姐姐中间，直到双方的大人彼此都打了招呼，她的脸都是红红的。未来的"夫妻"也没问候一下，各自站在各自的队伍里。下来由舅舅引着大家走进了食堂，一人一碗羊肉泡馍，那是不用说的。吃了早饭，男的该干啥干啥去，说好 12 点在食堂门口集合。女的陪着王美丽买衣服和手表去了。冬天的白天真是短，没转几个来回已到了吃午饭的时候。男女双方的亲戚齐聚"喜来登"门口，刚一踏进食堂的大门，饭馆的老板看见是一宗大买卖，亲自笑嘻嘻地迎上前来，又是发烟，又是热情问候。来到桌前，

王美丽的姑父和尚民的舅舅坐上席，其他人按年龄依次落座。一直没走的老板凑到村主任媒人跟前："叔，最近一直很忙吧？好长时间没见您了，今天好好孝敬您一下。"他稍停继续说："我们这儿经常招待儿女定亲、朋友聚会、儿女满月，饭菜质好量足，价钱便宜，包您满意。"经老板这么一介绍，女方媒人用手指在他那宽阔的脑门上轻轻敲着，略微思考了一下，说："你记一下，两瓶'红西凤'，一大盘凉肉，一份猪蹄，一盘红烧鲤鱼，一盘鱼香肉丝，一份青辣子炒蘑菇，暂时就这些，后面不够再要。不要磨蹭，菜上快一点儿。"在等饭的间隙，作为东道主的尚民他爸又是发烟、发糖，又是倒茶，忙得不亦乐乎。等饭菜上齐后，他又给男的斟满酒，给女的倒上饮料。"各位都举起杯子。"村主任媒人发话了，"今天是个好日子，逢这九月二十五会，我们男女双方齐聚这'喜来登'，共同祝贺尚民和美丽的定亲仪式，心里甭提有多高兴。来，大家把这第一杯酒干了！"说完，村主任媒人扬起他那粗而短的脖子，一饮而尽，把空酒杯给大家环视了一周。村主任媒人都先喝了，谁还能不喝，依次轮流大家都喝了自己那一份。"抄菜，大家都抄菜，别停筷子。"尚民他爸催促着各位。抄了几口菜，舅舅碰了碰旁边的尚民，示意他给客人们敬酒。一直低着头的尚民这时候突然明白了过来，他哆嗦着双手，先把酒敬给村主任媒人："叔，给您酒。"还在埋头吃猪蹄的村主任媒人顾不得擦油腻腻的大嘴，接过酒杯，又是一个一饮而尽，缓缓落座后说："今天是你的喜日子，好好表现！"说着又抓起一个猪蹄。正在看酒的尚民脸红得像深秋的柿子。坐在对面的王美丽，低着头抿着嘴笑着。"这是你姐。"站在一旁的舅舅介绍着。

"姐，给你酒。"

"姐不会喝酒。"40左右的姐姐推辞着。

"不会喝也得喝，今天这酒非比寻常。"舅舅笑着在一旁催促着。她姐尝试着抿了几口，终于喝完了，赶紧拿起茶水漱漱口，其他人对着她只是笑。就这样，尚民一边敬酒，一边在舅舅的介绍下问候着对方。轮了一圈后，村主任媒人发话了："美丽，赶紧给你爷（她是按她女方的关系叫的）你叔你姨敬酒。"王美丽红着脸站起来，吸取了尚民倒酒的教训，拿起酒瓶，不慌不忙地倒满了一杯酒，桌子上没洒一滴，双手把酒递到男方媒人跟前："爷，给你酒。""今天这酒一定得喝。"村主任媒人在旁边催促着。平时不太喝酒的舅舅喝了两口，杯子就见底了。"给你叔和你姨敬酒。"她村主任姑夫又催促着。面对着未来的公公和婆婆，王美丽有些忸怩，脸上的红晕一阵一阵的。只见她端起酒杯，向前欠着身子，羞涩地叫了一声"叔，给你酒！"再看尚民他爸，老早就站了起来，一听见未来的儿媳妇一声称呼，布满皱纹的脸笑成了一堆，眼睛眯成了一条线，接过酒杯一个仰脖，火辣辣的液体从口里一直甜到心里。轮到尚民他妈了，她也毫不犹豫，一饮而尽，脸堆着的那个笑，从见到美丽的第一眼到现在就没消失过。接下来是尚民他爸他妈敬酒，最后是美丽她两个姐夫。总之饭

一桩娃娃亲

桌旁的每一个人都要轮到，平时不喝酒的人那天都喝了不少。看时间差不多了，一旁的舅舅推了推尚民他爸。高兴得过了头的老人家忽然明白了过来，他弯下腰，解开上衣的几个纽扣，手伸进衬衣口袋里掏出一个手帕，一层一层地揭开，两沓用红帖子扎着的"大团结"一下子呈现在众人的面前，然后他把它小心翼翼地递给尚民的舅舅。舅舅接过钱又把它递给村主任媒人。这时候的村主任媒人脸红脖子粗，拿起钱掂量一下，"一十二十……"数起来，不时地出着粗气，间或用指头在舌尖上蘸一下。两三分钟后说："正好4000元，一分不差一分不少。"又朝着对面说道："丽萍（美丽的大姐），你代表你妈把这4000元彩礼收下（她妈常年卧病在床，不便前来）。""给，女子，这是我代表家人给你买的两身衣服、一双皮鞋和一块手表。"没等大家回过神来，尚民他妈把早晨买的东西全拿出来，让大家给美丽传过去。"等日子富裕了给我娃买更好的！"她一边落座，一边补充说道。美丽一直低着头没吭声。"你们都吃好了吧？"大家都表示很满意后，"老板，结账！"村主任媒人大声叫道。"一共290块，熟人，开280算了。"老板很慷慨地说。结完账后，村主任媒人起座，腆起他那比以前更大的肚子，带领着大家浩浩荡荡走出了"喜来登"。尚民和美丽各自一前一后返回学校，其他人也踏上回家的路程。

退　亲

　　一转眼已到腊月，离过年没多少日子了，村主任媒人捎来话：女方要 300 元买过年衣服。"协议不是写得好好的，每年给 100 么，怎么才两个月多一点儿就又要钱？说话不讲信用，咱家又没有摇钱树，不给！"尚民知道后生气地说。"小不忍则乱大谋，咱们大头都出了还计较这 300 元。不过这 300 元还真有点儿多，咱家里只剩下 200 了，赶明儿个赶紧交给媒人。"尚民他爸无奈地说着。

　　往年的春节都是瑞雪兆丰年，一下雪，沟沟洼洼到处是白皑皑的。今年真是个例外，太阳明晃晃照着大地，就是不落雪，麦苗干巴巴地趴在地上，没精打采的，连新年这么热闹的节日也唤不起它们的兴趣。"看这天气，一点儿雪都不下，今年要歉收了。"蹲在墙脚晒太阳的老大爷担心地感叹着。直到二三月，天还没有一滴雨，对粮食不够吃的人家，春天可是个门槛，往往在这个时候就断粮了，王美丽家就是个例子。春天的一天晌午，尚民他爸刚从地里给猪割青草回来，媒人捎来了话：女方家没粮吃了，拉两袋子粮。"粮有是有，但让谁给拉去呢？今个刚礼拜一，尚民等四五天才能回家来，要不他爸你给拉去？"尚民她妈望着蹲在房檐台的他爸说。"依我看咱就再等等，尚民礼拜六回家了让他拉去比较好。从定亲到现在他还没去过他丈人家，让他认认门也好。"老人家说着他的道理。"就这样吧！"洗锅的大婶解下围裙表示同意。

礼拜六回到家的尚民听了父母这一席话，说什么也不去。他生气地说："咱们家又不是慈善机构，凭什么要给她家拉粮？上次要的 200 元钱就是不守信用，今天又这样，像这样长此以往下去，没等我成亲，咱们家先败落下去了。""好瓜娃，你还是去吧，咱们不要因这把这门亲给黄了。"经过父母的一番劝解，尚民驾起车辕，搭起襻绳就上路了。从他村到女方村，要绕一个∪型大弯，有 10 里路。拉着架子车，走在石子路上，尚民是十二分不愿意，长这么大他是头一回做这种事，一个中学生给小媳妇送粮去，要是让人知道真是羞死人。千万别碰见熟人，要是碰见，他们问我干啥去，我就说磨面去；他们如果问咱村不是有磨坊吗，我就说咱村的磨辊出问题了，磨的面黑，我到邻村磨去。没走多远，尚民的前额渗出了一层细汗，他扬起车辕，放下襻绳，拿出手帕在脸上擦拭着。这时，从对面吹来一阵春风，春风过处，路两旁的柳树哗哗作响，好像对尚民叫喊："羞羞羞，小小年纪竟然有媳妇，还给媳妇家送粮，羞羞羞……"尚民像觉察到了似的，立刻驾起车辕又上路了。这一次，他一路上除了听到对面来的车辆抬起头让路以外，一直低着头，他怕看见熟人。路过舅舅家后，他按着母亲交代他的，在南边的第三家门前停下了车子。看清眼前的情景后，他愣住了，这是怎样一个家啊！低矮的土墙上开了一个∩型门洞，一扇柴门虚掩着，底下横着一根胳膊粗细的木棍算是门槛。"一定是这家。"尚民心里想着，走上前去轻轻推开柴门，提起门槛靠在墙上，缓缓地把车子一步一步挪进门。里面的人听到了响动，美丽走了出来，没有打一声招呼，看到尚民一个人往下卸粮食，也没有上前帮忙，只是静静地站在房檐台上，脸上那块红斑还没消去，表情冷若冰霜。嗒嗒，王美丽的母亲拄着拐杖从房间里出来："呀！是尚民来了，死女子，还不去倒水！"美丽极不情愿地走进了厨房。房间里鸦雀无声，两人都不说话，突然美丽打破了沉默："跟你家结亲没运气了，媒人说得好好的过年向你家要300元，你家怎么只给了200元？下个礼拜一，我到西安打工去，需要300元，明天叫媒人拿来！"说着斜视了尚民一眼。本来就憋了一肚子气的尚民，此时忍无可忍了，没有思考，随口就撂出一句："吴家堡盖高楼大厦的有钱人多的是，你愿意跟谁跟谁去！"说完转过身拉起架子车就出了门，不理会美丽她妈再三挽留。

结果可想而知。几天后女方媒人把"红"（农村定亲时，男方给女方几尺红布算作所谓的"定情物"）摔给了男方，彩礼钱少退了850元，算是对男方"毁亲"的惩罚。尚民他爸他妈也认了。一场仅持续了半年之久的娃娃亲就这样轰轰烈烈地结束了。

姨　夫

　　姨夫其实是妻子的姨夫。他 50 开外，膝下一儿一女，女儿去年已出嫁，儿子还小，上小学五年级。姨夫家几年前刚盖了新房，听说花去了六万元。现在盖同样规模的房子少说也需要八九万元。一个农民，哪来这么多钱？姨夫说，这全是他和姨妈十几年勤劳的汗水换来的。说得太对了，和姨夫相识这七八年，他留给我最深的印象就是勤劳、朴实，会做生意。

　　姨夫家每年都要种瓜。他们那儿地势略高，缺水，全是旱塬地，所以，种瓜需要借助塑料薄膜，为的是保墒。当瓜扯蔓的时候，已是夏天，姨夫戴起草帽，拿起瓜铲，到地里给瓜打尖。打尖可是个细活，必须蹲下来，把多余的蔓杈摘掉，留下几个主杈，保证瓜蔓扯得长，养分足，瓜个儿大。一窝瓜打完尖以后，还必须用土块压蔓，防止蔓荒，不结瓜。所以给瓜打尖那几天，姨夫格外忙，时常中午不回家吃饭，利用中午的这点儿时间多干点活。烈日当空，有一个人蹲在瓜地里往前移动，那人是姨夫。瓜苗要健康地成长必须要有足够的水分，姨夫用架子车，一水桶一水桶给地里拉水，再一瓢一瓢地浇水。当瓜长到皮球大小的时候，要搭建瓜棚照看瓜地，以免顽皮的小孩和动物糟蹋未成熟的西瓜。照看瓜地可不是个轻省事儿，一个人在孤零零的山梁上，没个说话的人，会感到无限的寂寞。经过两个月的辛苦劳作，瓜终于开园了！他们村几家种瓜的，数姨夫家的瓜最甜，个儿大。站在地头，一眼望过去，绿油油的瓜叶下全是圆溜溜的黑皮大西瓜，人一看就眼馋，别说咬一口了。每年我们都去姨夫家看"忙毕"，也就是瓜开园的日子。每到这时姨夫小心地走进瓜地，这个瓜上敲敲，那个瓜上拍拍，最后终于挑出一个又大又圆的西瓜。姨夫拿起他那特制的大马刀，照准西瓜，一刀下去，西瓜一分为二，鲜红鲜红的瓜瓤一下子呈现在面前，姨夫再一一切成小瓣，催促我们品尝。捧起西瓜，小心地咬一口，细细品尝，脆而不柔，甜而不腻，沁人心脾。姨夫知道自己种的瓜好，所以他通常不批发只零售，结果常常使乘兴而来的商贩败兴而归。在卖瓜的日子里，姨夫挑选好满满一架子车西瓜，车两旁再架两蛇皮袋子西瓜，第二天早早地起来，匆匆吃完早饭，驾起车辕，就向乾县县城进发了。30里的路程，姨夫赶早晨八九点钟就到达县城。由于他的西瓜外形好，瓤口好，一斤一元，一分不少，一车西瓜两三个小时便卖完了。点点刚刚卖瓜得来的钱，足足600元，姨夫心里美滋滋的。这二亩地的西瓜，每年给姨夫带来四

五千元的收入。

　　卖西瓜是姨夫夏天的买卖，冬天，姨夫还有另一个买卖。我们这儿地处渭北旱塬，冬天早晚的饮食主要是大米粥、苞谷稀饭、小米稀饭。过去人常说"小米稀饭养胃"，如今的人们非常注意身体保健，追求绿色天然食品，小米这过去极普通的粮食在今天人们的眼里成了"珍品"。每到冬天，市民大量购买小米，特别是老人。姨夫看准了这个商机，于是他就和他本家侄子商量去陕北进谷子。他们进的是谷穗，回来后，把谷穗用机器脱粒，再用吹风机清理干净，最后才出售。果不其然，小米一上市，就卖得很火，当年除过运费，每人还赚了4000多元，叔侄别提有多高兴了。此后他们每年冬天都做小米这档生意，直到现在。前几天在街道碰到正卖小米的姨夫，跟他聊了一会儿，听他说，今年到目前已赚了5000块。我掐指算了算，离过年还有一个半月，没想到小米这么热销！做了几年生意有了经验，为了提高效率、抢抓机遇，现在姨夫和他侄子分工明确，他侄子负责从陕北往回运谷子，姨夫负责脱粒清理和销售。因为他们的谷子是从原产地拉运的，颗粒饱满，色泽金黄，价格适中，又加上姨夫在县城卖了几年小米，人熟，所以每天拉四袋小米，半天的工夫便卖得精光。姨夫说有许多人千方百计打听到他家的地址，亲自上门购买，每次都是四五十斤，甚至有人一次买两袋子。姨夫卖米时，边拉着车子，边吆喝："卖米，真正的陕北小米……"声音粗犷而洪亮，总有人驻足观望，就连有时在家的我也能听到姨夫的叫卖声（我家在市场附近）。有一次下班回家，正好那天逢集，我看见街道旁围了一圈人，不知在抢购什么东西，凑近一看原来是市民们正在购买姨夫的小米。只看见姨夫手掬着黄灿灿的小米给人观看，嘴里滔滔不绝地讲解："大家看一看瞧一瞧，真正的陕北小米。当年毛主席说'咱们靠小米加步枪打败了日本帝国主义'，他老人家提到的小米就是'陕北小米'。看这米粒多饱满，颜色多金黄，熬稀饭又糊又香，这是真正的陕北小米……"姨夫卖米敢于吆喝，凭的是他的米好，不像那些江湖骗子，光凭一张嘴。卖米时姨夫从没雇用一个帮手，从没雇用一辆车，每次都是他一个人，每次都是一辆架子车、一杆秤、一副嗓子，每次满满一架子车米去，空车回。

夏天种瓜卖瓜，冬天贩米卖米，姨夫每年就抓住这两宗买卖，用他的勤劳和智慧，使家里渐渐地富裕了起来。

姨夫真了不起！

又是一年清明时

——怀念六舅

2016 年的清明节快到了，我又想起了我的六舅。

漆水河对岸的好畤河村，离我村五六里的路程，我舅家就在那里。六舅是我最小的舅，比我年长八九岁。也许是因为年龄相差不大的缘故吧，六舅和我特别亲。有一回我家盖新房，六舅来我家帮忙，那天晚上他没有回家，和我睡在一个炕上。窗外皎洁的月光洒在屋内一片银辉，舅和我并排睡着，语重心长地鼓励我好好读书，不管家里多么穷困都要把书念成。听了舅的教导我的眼睛湿润了，我知道这是舅舅的愿望，是他梦想的寄托。每回去六舅家，舅总问我学习的情况，有时候出几个数学题考考我。六舅上初中时数学学得特别好，所以他总是考我数学。不但对我，对邻居家上小学的孩子他也总是挡住他们，用树枝在地上列几道数学题考他们。后来我上了高中，和我在同一个班与六舅同村的少年总是提到这件事，我好不自豪。

在我的印象里，六舅中等个，背微驼，见人总是微笑，很是和善。二十世纪八九十年代，中国的农村还很贫穷，相当多的家庭烧的都是从山里打来的柴火，我舅家更是如此。每次我去舅家，给我印象最深的就是舅家的院子里堆放着高高的柴火堆，有时候正巧碰到挑着一担柴火的舅，脸上汗涔涔的，沉重的担子把腰压得弓了下去。一家六七口人的柴火都是我六舅一个人砍回来的，还要干家里的其他农活，年纪轻轻的他背就驼了。

　　1993 年，六舅结婚了。六妗子娘家在西山顶的桃花源，离我舅家很近。六妗子是她家里唯一的女儿，被视为掌上明珠，人长得很周正，和我六舅一般高低。他们第一次见面就很投缘，认识几个月后就结婚了，婚后很幸福，一年以后就有了我的小表妹。当时虽然舅舅们分了家，但是我四舅、五舅、六舅还住在一个院子。五舅在仪井开诊所，时不时地回家来，回来又不自己去做饭，总是在我六舅那儿蹭饭。当时我外婆和我六舅住在一起，我五舅来吃饭，作为母亲的外婆又能怎么样呢？但是我六妗子就不这么认为了，前几次她看见了，没有说什么，但是时间长了，问题出来了。有一次，我六妗子从地里回来看见我五舅大口吃着我外婆做的韭菜合页饼，和我外婆有说有笑，顿时她气不打一处来，大声说了几句不好听的话。五舅听见了，二话没说打了六妗子。晚上六舅回来后，六妗子把事情的经过告诉了丈夫。原本指望丈夫给自己出口气，谁知六舅无动于衷，还数落了六妗子几句。那一夜小两口发生了口

角，第二天六妗子跳河自尽了。我忘记了六舅当时的样子，只知道自从六妗子走后，他沉沦了。

他变得不爱说话，迷上了打牌，常常一整宿一整宿不回家，害得缠着小脚的外婆经常到处找他，叫他早点儿回家。但是六舅不予理睬，气得我外婆晚上早早把头门关了。这哪能挡住六舅，他经常翻墙回家。有一年冬天下雪，年过七旬的外爷拄着拐杖去找两天没回家的六舅，结果摔倒骨折了，直到去世时也没有痊愈。看到舅舅自暴自弃的样子，外爷好不伤心，狠狠地批评他。这时候六舅反击了："你现在感觉我是个窝囊废，我当初想学一门手艺，当一个油漆工，你死活不愿意，嫌我走后没人干活，我的前程是你断送的！"听到一贯温顺善良的小儿子声嘶力竭的抱怨，一向专制的外爷有些惊愕，有些震惊，没有再说什么。为了拴住六舅的心，外爷和其他舅舅商量着给六舅张罗着另一门亲事。两年后的一天，来自安康山区的新妗子走进了舅家大院。日子一天天过去，六舅的心思并没有回转，他白天粉石子，晚上打牌。繁重的体力劳动、缺少睡眠加上心情不舒畅，舅舅病了，人一天天消瘦。当时妗子回了娘家，一去不回，还留下一个三岁大的女孩，外婆和外爷已经去世，照顾我六舅的任务落在了其他舅舅的身上。六舅被送到了扶风县医院，经检查确诊是脑瘤。最后去了西安，结果还是一样，手术后一个月舅舅就去世了，时年36岁。

那天送葬的人可真多，大部分是六舅生前的好友。打墓子、下葬，最累人的活都是他们干的，他们用自己的方式送了六舅最后一程。对六舅的死，他们很痛心，想揍我五舅一顿，被人挡住了。

六舅是一个重情重义的人，来到这个世上 36 个春秋，经历了人间的坎坷，没干过惊天动地的大事，打柴、挖药、播种、收割是他的全部人生。他所结交的朋友都是上小学初中的同学、干农活的同村人。他用他的质朴、讲信用、重情义赢得了他们的尊重。

六舅去世到现在有 16 年了，每年去舅家、每年清明节我都会想起我的六舅。

从云寂寺到豹榆木树

云寂，听这个名字，挺有点儿禅意。就我自己的理解，也许是僧人敲钟，钟声荡激云端，空旷而寂寥，由此而得名云寂寺。通常情况下，名寺古刹都位于山之中，沟之畔，云寂寺也不例外，它位于甘井镇五星村北端沟之畔。

远远望去，云寂寺像一个北方的四合院，四面盖着房，前端的阁楼上挂着一口铁钟，表明了它是一座寺院。走到寺庙前，映入眼帘的是一个用红色瓷片砌成的硕大屏风，顶上点缀着彩色琉璃瓦。

走进大门，正对面是一个大殿，殿前面矗立着一个铸铁"万年香炉"，上面刻有寺名、住持释妙生等铭文。香炉里香灰满积，可以看出这里香火旺盛，香客络绎不绝。大殿西边是一座砖塔，是碧峰禅师舍利塔。塔高三丈，塔身为六棱七级，上层为花瓶状。整座塔小巧玲珑，古朴典雅，渗透着历史的沧桑。

大殿东边有一土堆，上面一座亭子，亭子里面挂一口钟，名曰云寂寺古钟。这口钟全身墨绿色，像出土的青铜器，上面镌刻着密密麻麻的铭文，钟的上端是一个造型精美的龙形把手。再看它的历史，使人有肃然起敬之感。此钟铸于金大定十九年（公元 1179 年）十一月，钟高 2 米，口径 1.8 米，有九角，代表九五至尊。击钟 30 里能闻，如天气变化下冰雹击钟，云雾即散；若身有病，求佛敲钟即能痊愈。此钟距今近千年历史，被尊为神钟。不是被封闭起来防止人乱敲，我真想与这历经近千年、富有灵气的神钟亲密接触一下。史料称，金于 1127 年灭北宋，迁都中都时，领地有华北地区以及秦岭、淮河以北的华中地区，使南宋、西夏与漠北塔塔儿、克烈等部落臣服而称霸东亚。可以推断，金大定十九年，永寿这块土地曾在金朝控制之下。地处旱塬，加上连年战乱，民不聊生，一有天灾人祸，人民无能为力，只好求神拜佛。因此，佛在古代中国，特别是在北方地区民众的心目中是神圣的，这古刹、这古钟就是见证。瞻仰着这口古钟，我仿佛听到了它传播数十里的深邃的音韵，仿佛看到了那求雨祈福人脸上虔诚的笑容……

　　闲不逛寺庙，所以在大殿后面一个供奉释迦牟尼的殿堂，我们各点燃一炷香，插在香炉里，然后虔诚地磕了三个头，之后才离开了云寂寺。

　　没去过云寂寺的人总认为豹榆木树就在云寂寺里，其实不然。从云寂寺向南走大约 500 米的路程，就到了豹榆木树之所在。来到树前，给人一种巍然之感。树长在一个

塄坎上，盘根错节的树根裸露在外面，粗壮的树干，要三四个人才能环抱。树皮呈豹斑，龟裂之处甚多，树身有几处窟窿，也有树枝折断留下的疤痕。向上看别有一番景致，从古老的树身顶端上齐刷刷抽出无数根枝条，有碗口粗的，有胳膊粗的，形成了巨大的树冠，给树下撑出一亩见方的阴凉。微风过处，树枝随风摆动，发出哗哗的声响，像汹涌的波涛声。据说，原来树枝没遭"文革"中砍伐之前，树冠尤其巨大，旭日东升之时，其投下的影子能延伸到100多米远的沟边及对面的麟游地界。这也许有点儿夸张，但是看到现在古老的树身生发出崭新的枝条，使人不得不佩服这棵1600岁古树旺盛的生命力。在这北方贫瘠干旱的土地上，经历了1600年的漫长岁月，古树依然枝繁叶茂，老树发新枝，续写着生命的传奇。

古刹云寂寺，古树豹榆木，堪称永寿两大宝。

中国梦，我的梦

　　梦想是生活的明灯，指引着人们到达胜利的彼岸；梦想是生活的强心剂，激励着人们勇往直前。生命因梦想而精彩，人生不能没有梦想。德国哲学家尼采有一句名言："宁可追求虚无，也不能无所追求。"这句话虽然有点儿偏激，但也道出了梦想对一个人的重要性。近 2000 年前，三国鼎立，群雄并起，一代枭雄曹操横空出世，他壮怀激烈，挥笔写下了"老骥伏枥，志在千里，烈士暮年，壮心不已"的壮丽诗篇。300 多年前落第秀才蒲松龄在戒尺上刻下自勉联："有志者事竟成，破釜沉舟，百二秦关终属楚；苦心人天不负，卧薪尝胆，三千越甲可吞吴。"矢志不移，坚持写作，终于完成鸿篇巨著《聊斋志异》，名垂青史。近百年前，少年周恩来喊出心中梦想，"为中华崛起而读书"，此后他为自己的梦想奋力拼搏，终于为华夏民族做出巨大贡献。与周恩来同一时代的茅以升，从小梦想为自己的家乡造一座坚固的桥梁。怀揣这样的梦想，他远渡重洋。

学成归来，终于为中国建造了第一座现代化大桥——钱塘江大桥，以及长江上第一座大桥——武汉长江大桥。

个人的梦想如此，国家的梦想也一样。中华民族自古以来就有强国的梦想。1840 年，鸦片战争打开了中国封闭的大门，从此中国逐渐沦为半殖民地半封建国家。看到日益落后的国家，一大批仁人志士开始探求救国救民的真理，从孙中山到毛泽东，从三民主义到马克思列宁主义，终于找到了一条挽救中华民族的道路。在中国共产党的英明领导下，我们中华民族日益强大，特别是改革开放 30 多年来，我们国家在经济建设领域取得了举世瞩目的成就。历史进入到 21 世纪的今天，人们给中国梦赋予了新的内容，强国梦、民族复兴之梦、人民生活幸福之梦是中国梦新的内涵。

一个人有梦想，这个人就朝气蓬勃，精神焕发；一个国家有梦想，这个国家就生机焕发，人民团结一心，无往不胜。其实个人的梦想是离不开国家的梦想的，它是根植于国家梦想之中的。小时候我也是有梦想的，20 世纪 80年代国民经济刚开始复苏，广大农村还很贫穷，人们还在温饱线上挣扎，对于童年的我而言，穿上体面的衣服，拥有一辆自行车，是我当时最大的梦想。如果我有一辆属于自己的自行车，我将天天擦洗它，天天给它上油，我要骑上它在小同学面前耀武扬威一番，让他们羡慕我；我想骑上它畅游中国，我想骑到北京，去瞻仰毛主席他老人家的遗容；我想跨上长城去兜风……渐渐地，我长大了，我的梦想也变化着。上了小学，看着穿着得体的老师站在讲台上"人道是，三国周郎赤壁……"挥洒自如地朗诵着苏轼的名篇，我觉得老师太有才了，心里暗暗发誓将来一定要当一名老师。怀揣梦想，我上了初中，初二的语文老师田老师更坚定了我的梦想。田老师高高的个头，人长得很英俊，一口标准的普通话。我爱上他的课，尤其是作文课。当他用普通话给我们朗读范文时，我总听得全神贯注、如痴如醉……有一次他给我的作文写了一大段评语，而且把我的作文进行了展览。从此以后我知道了什么叫"白描手法"，也渐渐喜欢上了写作。当一名老师，传道、授业、解惑，成了我矢志不渝的梦想。时间在流逝，我的梦想越发坚定。上了高中，我努力学习，为实现我的梦想而拼搏。高考第一年我失败了，我沮丧极了，甚至怀疑起了自己的能力。这时候，父母亲给我鼓励，昔日关心我的老师鼓励我，使我重拾勇气，又踏上了实现梦想的征程。功夫不负有心人，这一次我成功了，我终于敲开了梦想的大门，梦想向我招手，我背起行囊，踏进了神圣的殿堂。映入眼帘的是高大的教学楼、成排的法国梧桐，面对的是来自不同地方的同学们陌生的面孔和不同肤色、不同国籍的外教。

1999 年 9 月，我的梦想实现了，我终于成为一名光荣的人民教师。平生第一次登上讲台，看着一双双好奇而真挚的眼睛望着我，我感到自己受到了国王般的礼遇，就像当年我看着我的老师。从教的日子里和学生们朝夕相处，我不厌其烦地教着学生们 ABCD，一个个耐心地纠正他们

的书写错误，循循善诱地做着他们的思想工作……一学期、一年过去了，我觉得时间过得飞快，我和孩子们还没相处够呢！课堂之余我抽空观摩同行的课，认真向前辈请教，总结自己的得与失。初为教师的几年我领略到了校园生活的快乐与充实！后来我来到了高中——一个更高层次的环境。我充满了对新知识的渴求和对美好生活的憧憬。我不断地去听前辈的课，不断地向他们请教教学中的疑难问题，向长期从事班主任工作的老师讨教班级管理经验。很快我就适应了高中的教学生活。在随后的工作中，我总能干得得心应手，游刃有余，得到校领导和学生们的一致好评。现在我带过的学生纷纷走上了工作岗位，在自己的领域里干得有声有色，逢年过节都会发来祝福的话语，这时候我总感到无比欣慰。时间过得真快，一晃，我从教至今已14年，从最初一个风华正茂的毛头小伙子变成了一个年富力强、教学经验丰富的中年教师。当今世界，教育科技发展日新月异，作为教师，应该学无止境，才能与时俱进。我继续着我学生时代的梦想——成为一名优秀教师，并且日臻完善，一直到生命的终结！

"路漫漫其修远兮，吾将上下而求索"，梦想的实现需要付出心血，也需要执着的追求精神。浅尝辄止，方为失败；穷且益坚，方能成功。"生活的理想是为了理想的生活"，让我们为了心中的梦想去努力奋斗吧！

自从有了微信

　　自从有了微信，我的朋友圈扩大了。以前手机上的通信录只是寥寥的数十人，而且大多数是身边的亲人、同事、朋友。现在不同了，只要打开微信，我的朋友多达百人，翻也翻不完。朋友更广了，工农商兵学，各行各业都有，但多数是很多年没联系的老同学，有初中的、高中的，甚至还有小学的。

　　自从有了微信，我更忙了，忙着和老同学联络感情。下班后，回家第一件事就是打开微信，忙着和多年没谋面的老同学互诉衷肠，回忆年轻时的美好时光。我们有说不完的话，有诉不完的情。"老孙，你可记得，在小学上语文课时，我俩给门顶上放了几本书，班主任一进门，书正好砸在他头上……""小巨，在高中时我可偷偷地暗恋过你，就是没表白……""章郝伟，你是好哥们儿，记得高中时，我家里穷，你在物质上帮助了我不少，我一直记得，一直寻找你，今天终于联系上了……"一小时过去了，两小时

过去了，我们全然不知，忘了做饭，忘了接孩子……

忙着抢红包。"老刘，都大老板了，还那么吝啬，赶紧发红包！""哎，没抢上，让别人抢去了，手机太落后了，该换一个了！""齐全峰，都当群主了，发一个红包！"我死死盯着手机屏，红包过来了，这次我眼疾手快，终于抢到了，一打开，才一毛五。求爷爷告奶奶，抢了整整一个小时的红包，结果才抢了一块五，一查流量，花去了五百兆。"我的妈，超支了！"

忙着张罗朋友同学聚会。前天高中同学刚聚过，今天小张发来微信："老樊，别人都聚会，咱们初中同学也该聚聚。"摸着渐渐鼓起来的肚子，苦笑着，只好答应了。宴会上，望着彼此沧桑的面孔，心里有千言万语难以表达，不说了，一切都在酒里，端起一杯，一滴没漏，全部下肚。去 KTV 唱歌是最后的节目。

自从有了微信，我成了"低头族"。在上班的路上，我低着头，凝视着手机屏，按着手机键和人聊天，陶醉在朋友的笑话里，一不留神撞在对面的电线杆上，撞得我眼冒金星。在公交车上，我不再像往日那样，瞭望着窗外城市的景色，而是低着头欣赏朋友发的优美文章。"下车的乘客请注意，万寿路到了。""妈呀，超了两站路！"我如梦方醒，急忙下车。午夜时分，我还亮着手机，一个劲儿聊着。老婆生气了，骂道："你个死鬼，看都啥时了，还刷你的微信！"渐渐地，我感觉脖子隐隐作痛，一检查，患上了颈椎病。这都是微信赐给我的大礼！

自从有了微信，我的话语少了。回到家里，女儿有题不会做，拿到我跟前："爸，这道题咋做？"我看了一眼，微笑着说："爸也不会，拿去问你妈！"然后低下头又继续刷微信了。节假日去丈人家，表面上是去看望老人家，陪老人家说说话，其实一到家，坐在老人周围各干各事。我上微信，妻子也一样，女儿更如此，三个人一句话不说。老人急得找我们说话，他问一句，我们答一句，但眼睛始终没离开手机。老人一看，感叹了一句："唉，手机把人害死了！"

　　自从有了微信，我的视野广了。前天，"高山流水"给我发来了数条关于教育孩子的妙招；昨天，"只争朝夕"发来了健康饮食方面的知识；今天"人生如梦"发来了他们一家逛周至水街的照片；明天，不知道我的"朋友圈"又给我发来什么。总之，我的知识面开阔了。我了解了当今世界的教育发展趋势，我明白了吃什么健康，并且怎么吃，我知道了中国原来有这么多好玩的地方，我痛苦朋友的痛苦，我高兴朋友的高兴。有微信真好！

　　自从有了微信，我的生活变得便捷了。我足不出户，知道外面的一切。以前单位有什么事都出通知，现在不用了，单位发个群消息，大家便都知道了。某同学父亲去世，给朋友圈发个消息，结果大家都来了；朋友、亲戚需要钱，用微信转账给对方；和朋友上饭馆吃饭，提前微信预订，既方便又省钱；和朋友联系，语音聊天，代替了电话，省了不少话费。

　　微信是一把双刃剑，但只要你不痴迷，它就是一个了解世界的窗口，一个交流平台，一个支付手段，一个人类的好帮手！

　　微信，有你真好！

青　狼

　　渭北旱塬的北段山高林密，这儿有 40 万亩的槐林，是狼虫虎豹藏匿的绝佳之地。二十世纪六七十年代以前，野兽经常出没于此，为害乡里，残害人畜生命，成了当地人的一大祸患。

　　在这些野兽当中，危害最大的是狼群。有一个狼群，有成员七八个，为首的是一只青狼。它身长一米六七，头大，嘴长，一张嘴，露出两排铿亮的牙齿。特别是上下牙床两旁的两对牙，尖而长，带着弯钩，一看就令人毛骨悚然！它的尾巴粗而长，舒展开能拖到地上。青狼全身青灰色，一抖身，狼毫全能竖立起来。尤其是它的叫声，一吼，如小孩啼哭，使人心神不宁。农人闻之，急忙回家；百兽闻之，逃窜不已。青狼是狼群至高无上的领袖，其他狼对它顶礼膜拜，俯首帖耳，唯命是从。

　　多年前的一个午后，刘碎娃背上背篓，拿起镰刀，到沟里去给牛割草。他走后，四岁大的儿子午觉醒来后找不

青

狼

275

到爸爸，揉着惺忪的眼睛，顺着通向沟底的羊肠小道蹒跚而去，嘴里还"爸爸、爸爸"地叫着。孩子走着走着就迷路了，在沟边的那条道上走上走下，寻找着爸爸。当时有村民听到了孩子的哭声，也看见了孩子晃动的身影，但是都大意了。刘碎娃和孩子走了岔路，等他割草归来，怎么也找不见儿子，就发动村民到处寻找，最后还是没见儿子的踪影。

"青狼，一定是青狼把娃害了！"刘碎娃大声号哭，赶忙往沟底跑。

场景惨不忍睹：一个小孩的头颅躺在地上，遍地是凝固的血迹……

刘碎娃昏死了过去……

有一年天大旱，庄稼颗粒无收，庄户人家大部分断了粮，树林里的野兽也饿得嗷嗷直叫，这群狼也不例外。一天，青狼派遣一只狼外出寻找食物。起初，这只狼犹豫不决，但瞄了一眼青狼，就嗷的一声，乖乖出去执行任务了。它跑出去40多公里，沿途没发现一个猎物，无奈，夹着尾巴灰溜溜跑回家复命。它见到青狼，低着头，围着青狼转了一圈，像是请求原谅。谁知，青狼向其他狼摆了一下头，领命后的几只狼饿虎扑食一般向那只执行命令的狼扑过去。瞬间它就变成了一堆白骨。

有一年快过年的时候，李家庄的李虎生单独一个人去沟里打柴。李虎生年轻力壮，力大无穷，闲时经常和同村的玩伴摔跤嬉戏。他们哪里是李虎生的对手，一上手，不是被李虎生"老鹰抓了小鸡",就是被摔得"人仰马翻"。从此李虎生得名"大力士"。那天李虎生不一会儿就打了一捆柴,然后拿起斧子咣咣两下,就砍了一个长棍,往柴捆里一插,挑上肩就上路了,心里是满满的成就感。走着走着,突然他感到柴捆越来越沉,一抬头,一个狼头死死盯着他。突如其来的情况把李虎生吓了一跳,他一抖动身子,柴捆呼啦落在了地上。他手里死死握着挑柴棍,扎成马步,左顾右盼。一时在他的周围出现了三只狼,其中就有那只青狼。三只狼像三只饿虎,向前扑着咬李虎生。李虎生抡起棍子一阵扫荡,狼群不能近身。它们环围着李虎生一起进攻,李虎生舞动着棍子,一阵狂打。棍子落在狼的身上,只见狼毫纷飞,犹如风搅雪,狼嚎声此起彼伏。折腾了近一个小时,双方相持不下。"恶虎还怕群狼",何况"大力士"是一个人,一番交战下来,李虎生已是气喘吁吁。再看三只狼,身上的毛稀稀拉拉,像刚脱过毛一般。青狼一看这情况,它围着"大力士"转了一圈,查看了一下情况,然后停下来,翘起一条后腿。一阵"强雨"过后,地面上出现了一摊尿液。然后青狼带头进攻,另外两只狼随后。它们步步紧逼,李虎生节节后退,冷不防,"大力士"踩在尿液上,一个趔趄,他重重地仰摔在地上。说时迟那时快,青狼扑过来,一个爪子摁住了"大力士"的头,另一个爪子搭在他的胸上,低下头,锋利的牙齿插进了"大力士"的喉咙。另外两只狼在李虎生的身上和腿上一阵狂咬。"大力士"起初拼命挣扎着,最后就不动了……

277